KB109983

며느리 도통하기

글을 시작하며

누구나 행복한 인생을 꿈꾸며 산다.

이 세상에 불행해지고 싶은 사람은 아마 없을 것이다. 결혼생활도 마찬가지가 아닐까. 더 행복하게 살 거라는 기대를 안고 신혼생활을 시작한다. 하지만 막상 몇 년을 살다 보면 '이렇게 살고 싶지 않았는데, 조금 더 행복하고 아름답게 살고 싶었는데….' 하는 생각에 빠질 때가 있다.

어쩌면 결혼생활은 지독한 현실일지도 모른다. 연애시절 멋있게만 보이던 남편은 아무데서나 방귀를 뽕뽕 뀌고, 해도해도 끝이 없는 집안일에, 내 집 한칸 마련하고자 쓰고 싶은 것도 참으며 악착같이 돈을 모아야 한다. 어디 그뿐인가? 시댁 식구들과의 갈등도 심심치 않게 생긴다.

스스로 만족스러운 행복을 일구며 사는 주부들이 과연 얼마나 될까? 아줌마들이 모인 자리라면 거의 빠지지 않고 나오는 남편이나 시댁에 대한 불만의 소리에는 삶의 고단함이 배어 있다. 수 많은 주부들이 '소설로 쓰면 열 권도 넘는' 응어리를 가슴에 묻고 있는 것이다.

이렇게 여성들에게 결혼은 행복은 커녕 오히려 쉽게 내려놓지 못할 큰 짐이 되기도 한다. 때론 너무 힘들어서 누구에게라도 기대고 싶고 도망치고 싶어진다. 희망은 사라지고 우울증이 생기기도 하고 이혼을 결심하기도 한다. 그런가 하면 간혹 괴로움에 지쳐 죽고 싶은 충동에 사로잡히기도 한다. 한때 내가 그랬던 것처럼….

'며느리 도통하기'는 그 힘겨운 짐을 내려놓은 바로 우리, 주부들의 이야기를 엮은 책으로 이들 중에는 이혼의 위기를 이겨낸 이도 있고, 극복될 것 같지 않던 시댁과의 문제를 현명하게 풀어내고 새 삶을 사는 이들도 있다. 다만 등장하는 여성들의 사생활 보호를 위해 가명처리 했다.

책은 크게 3장으로 나누어 1장과 2장에서는 결혼생활에서 흔히 겪을 수 있는 갈등들을 정하여 예를 들어 해결을 제시하거나 실제로 어려움에서 벗어난 여성들의 사례를 들기도 했고 스스로 자신의 삶을 아름답게 개척한 분들의 이야기를 담았다. 그리고 3장에서는 행복한 결혼생활을 하기 위해 필요하다고 느낀 이야기를 실었다.

많은 여성들이 결혼생활에서 겪는 갈등의 어려움을 해결하기 위해 노력한다. 나 또한 괴로움의 해답을 찾기 위해 별의 별 생각을 다해 보았고 많은 책들을 읽어보았지만 잠시 잠깐의 위로를 받을 수 있었을 뿐 문제를 근본적으로 해결하지는 못했다.

비록 형식에 있어서 미흡한 부분은 있을지 몰라도 '며느리 도통하기' 에 나오는 해답들은 가정 내에서 겪는 어려움에 대해 가장 빠르고 쉽게 문제를 해결하는 방법들이다.

책 속에 나오는 여성들이 겪은 갈등의 모습은 저마다 다르지만 이들이 제시하는 해답에는 공통점이 있다. 그 해답을 행복하고 아름다운 삶을 바라는 모든 이들과 함께 나누고 싶다.

그 동안 책이 나오기까지 도와주신 모든 분들에게 깊은 감사를 드리며 '며느리 도통하기' 는 앞으로 계속 이어질 것이다.

차 례

글을 시작하며

1장 부담스러운 시댁 식구들

'밍크코트 필요하세요?' 11
며느리의 위치 15
간장과 소금의 차이 18
신경쓰이는 생신상 22
나만 잘해야 되나? 26
소화제와 설사약 30
고달픈 외며느리 35
이상한 편견 41
이해되지 않았던 시외할머니 47
지겨운 명절과 제사 53
어느 맏며느리의 승리 57
형님, 오셨어요! 63
얄미운 시누이와의 화해 67
여우같은 며느리, 소같은 며느리 74
껄끄러운 동서 78
보이지 않는 전쟁 83
저도 행복할 수 있나요? 89

2장 남편이 미워요

어머니가 좋아, 내가 좋아 95
친정아버지의 칠순잔치 100
당신이 다 해. 106
늦게 들어오는 남편 110
게임을 즐기는 남편 114

당신! 오래 살아야 돼요. 120
남자는 하늘, 여자는 땅 125
아! 옛날이여. 130
그 집에 가서 살아 134
믿을 수 없어요. 137
밉고 또 미웠던 남편 141
바람아! 멈추어 다오. 145

3장 누구나 꿈꾸는 행복을 위하여

결혼! 할까 말까. 153
한 순간의 선택 156
멋있는 여자 160
속좁은 여우 164
시금치도 싫어요. 169
지겟대의 원리 173
모든 것은 내 마음에 179
그래, 당신이 옳아 182
세상은 돌고 돈다는데 187
따뜻한 말 한마디 190
텅 비어 있는 덕 통장 194
엉뚱한 해답 198
소중한 인생 200
행복을 손에 넣으려면 204

글을 마치며

1장 부담스러운 시댁 식구들

'밍크코트 필요하세요?'

결혼을 앞두고 혼수 준비로 신경이 많이 쓰입니다. 뭘 어떻게 준비해야 되는지 모르겠습니다. 신혼살림도 살림이거니와 시댁 어른들께 대한 예단도 걱정이 됩니다. 결혼에 임하면서 차분하게 앞으로의 인생에 대해 계획을 세우려 했지만 막상 닥치고 보니 그런 것은 생각할 여유도 없습니다.

몇 년 전, 딸의 혼수 문제로 갈등을 겪다가 비관한 한 아버지가 스스로 목숨을 끊는 불행한 사건이 있었다. 그만큼 혼수는 결혼을 앞둔 예비신부나 그 가족들에게 적지 않은 부담이 된다.

결혼생활을 하다 보면 물질적인 것보다 더 중요한 것이 얼마나 많은가? 이제 혼수라고 하면 물질적인 것부터 떠올리는 풍조부터 바뀌었으면 좋겠다. 번쩍번쩍한 혼수로 어깨에 힘을 주는 사람보다, 아름다운 마음과 가정생활에 필요한 지혜로움을 준비하는 이들에게 갈채를 보내는 분위기가 자리를 잡아야 하지 않을까.

선영씨는 결혼을 하는데 있어서 중요한 것은 결혼에 임하는 마음자세라고 평소에 생각했던 것을 실제로 실천한 여성이다. 그 과정에서 시댁과 여러 가지 문제도 겪었지만 선영씨는 끝내 자신의 소신을 굽히지 않았다.

선영씨가 혼수 중에서 물질적으로 준비한 것은 남편이 준비한 작은 원룸에서 두 사람이 생활하는 데 필요한 최소한의 살림살이가 전부였고 예물도 신랑과 함께 맞춘 14K 커플링뿐이었다. 그리고 예단은 시부모님 것만 간소하게 준비했다.

시어머니는 이런 선영씨의 태도를 못마땅해했다. 혼수를 많이 해 온 윗동서를 들먹이면서 적어도 그 정도는 해야 한다는 식이거나, 큰며느리가 해 오지 않은 밍크코트를 작은며느리가 해 왔으면 하는 속내를 은근히 비치기도 했다. 이런 시어머니를 바라보며 곧 다가올 시집살이가 걱정이 된 선영씨는 시어머니가 바라는 대로 해 갈까 하는 생각에 잠시 흔들리기도 했지만 어쨌거나 자신의 소신을 굽힐 수는 없다고 생각했다.

예상했던 것처럼 결혼 후에도 혼수와 관련해 사사건건 동서와 비교를 당했지만 선영씨는 그런 시어머니를 원망하지 않았다. 동서를 미워하지도 않았다. 결국 각자가 갖고 있는 가치관의 차이일 뿐이라고 생각하면서, 언젠가는 자신의 마음이 통할 것이라고 굳게 믿었다.

선영씨가 기대하던 시간은 의외로 빨리 다가왔다. 결혼한 지 1년이 다 되어가던 어느 날, 평소 건강하던 시아버지가 갑자기 폐암으로 쓰러져 입원을 하게 되었다. 식구들은 뜻밖의 사건에 우왕좌왕하기만 했지 누구 하나 선뜻 나서서 간병을 하려고 들지 않았다. 선영씨는 폐암 말기라는 판정을 받은 시아버지를 정성껏 간호했다.

물론 시어머니도 병상을 지키긴 했지만 선영씨는 될 수 있으면 힘든 일은 자기가 다 하려고 하면서 시어머니는 옆에서 쉬게 해드렸다. 윗동서 또한 아이들이 한참 어려서 힘들 때라, 아이가 없었던 선영씨가 많은 일을 떠맡게 되었다. 누가 시킨 것도 아니었고, 그렇다고 혼자 착하다는 소리를 들으려고 한 일은 더욱 아니었다. 다만 내 부모처럼 생각하고 돌아가시는 날까지 편하게 해드리려고 노력했다.

이런 선영씨를 바라보는 시댁 식구들의 시선이 사뭇 달라진 것은 너무도 당연했다. 무엇보다 시어머니와 동서의 눈길이 따뜻해졌다. 윗동서는 자신보다 혼수를 적게 해온 선영씨를 은근히 무시하곤 했었는데, 때로는 자신이 나서서 해야 할 일도 선영씨가 도맡아 하는 것을 보고 진심으로 고마움을 표시했고, 시어머니도 흐뭇해했다.

시아버지가 세상을 떠나고 얼마 후 시어머님은 선영씨에게 이런 말을 했다.

"너 혹시 나한테 서운한 것 있으면 얘기해라. 내가 너무 생각이 짧았구나. 이날이 되도록 내가 나이를 헛먹었다. 느이 시아버지가 가시기 전에 그러시더라. 너한테 잘해주라고. 너 같은 아이 없다고. 우리 집에 보물이 하나 들어왔다고…. 그동안 많이 섭섭했지? 미안하구나. 이제 옛일은 다 잊어라."

"아녜요. 저도 잘못했어요. 어머님 심기를 많이 불편하게 해 드렸어요. 어머님께 맞추어 드리지 못하고 제 멋대로 해서 죄송해요. 하지만 전 따뜻한 마음을 갖고 오고 싶었어요. 그래서 고집을 좀 부렸던 거구요. 그런데 어머니, 지금도 밍크코트 필요하세요?"

"너 그거 지금 나 놀리는 말이지?"

그날 시어머니와 선영씨는 얼굴을 마주보며 빙그레 웃었다. 선영씨가 해 간 혼수 중에서 가장 으뜸은 바로 가족을 따뜻하게 감싸는 아름다운 마음이었다.

엄청난 양의 예단이나 가전제품보다는 주부로서 생활에 필요한 여러 분야의 지식들을 준비하고 주변의 친지들과 조화롭게 살아갈 수 있는 인격을 함양하는 것이 올바른 혼수라고 선영씨는 생각했다.

그리고 그렇게 준비한 혼수는 번쩍거리는 혼수들하고는 비교도 안 될 만큼 선영씨의 결혼생활에서 소중한 디딤돌이 될 것이라고 굳게 믿었던 것이다.

며느리의 위치

결혼하면 며느리도 시댁의 한 식구라고 생각했는데, 어른들은 그렇지가 않은 것 같습니다. 시어른들도 친정부모님과 똑같이 생각해 드리려고 하지만 그분들은 저를 그렇게 생각하지 않으십니다. 며느리는 어디까지나 며느리라고 생각하시는 것 같아 못내 섭섭합니다.

30년 가까이 따로 살아온 남녀가 같이 살면서 서로를 알아가는데 시간이 필요하듯이 시댁 식구들과도 마찬가지가 아닐까. 시댁 식구와 한 식구로 엮어지기에는 서로가 많은 이해와 양보가 필요할 것이다.

하영씨는 결혼한 지 얼마 안 돼서 맞은 추석날 받은 상처를 한동안 잊을 수가 없었다. 추석을 맞아 시어머니는 여러 가지 명절 음식을 장만했다. 차례를 지내고 오후가 되자 시누이 부부가 왔다.

저녁상을 차려서 온 식구가 둘러앉아 시어머니가 장만한 음식을 먹기 시작했다. 하영씨가 갈비찜을 하나 먹어 보니 무척 맛이 있었다. 무심코 갈비찜을 세 개째 먹고 있을 때, 맞은편에 앉아 있던 시어머니가 느닷없이 먼 친척집의 며느리 이야기를 꺼냈다.

"새로 시집온 며느리가 어찌나 싸가지가 없는지, 어른들하고 밥을 먹을 때도 맛난 반찬만 먹는다더라. 시어른과 밥 먹을 때는 가릴 줄을 알아야지."

갈비를 뜯다 순간적으로 고개를 드니, 시어머니의 날카로운 눈초리가 하영씨를 향하고 있었다. 목구멍 안쪽에서 울음이 치밀고 올라와 입안의 갈비가 튀어 나오려고 했다. 울음과 갈비찜을 같이 삼켜 버리고, 화끈거리는 얼굴을 숙이고 남은 밥을 대충 씹어 넘겼다.

시어머니는 갈비찜을 맛있게 먹는 아들, 딸, 사위를 흐뭇하게 바라보며 맛있는 고기를 골라 손수 밥 위에 올려 주었다. 그 순간 하영씨는 며느리의 위치가 어디인가를 깨달았다.

그날 밤에 하영씨는 베개를 적셔가며 울었다. 자신이 음식을 맛있게 먹는 모습을 흐뭇하게 지켜보시던 부모님 얼굴이 떠올랐고, 앞으로 평생을 시댁 식구들과 어떻게 살아야 할지 막막하기만 했다.

그날 이후 하영씨는 시댁 식구들과 식사를 하게 되면 특별한 음식에는 젓가락도 대지 않았다. 신혼 시절의 갈비찜 사건은 하영씨에게 엄청난 상처가 되었고, 자신도 모르는 사이에 시어머니에게 조금씩 벽을 쌓고 사는 계기가 되었다.

그 뒤로 몇 년이 흘러 큰아이가 유치원에 다닐 무렵이었다. 하루는 아이가 유치원에서 친구를 데리고 왔다. 간식을 만들어 줄까 하다가 아이들이 좋아하는 치킨을 시켜주었는데 하영씨의 아이가 노는 데 정신이 팔린 사이에 친구아이가 치킨을 다 먹어 치우고 말았다.

그러자 하영씨는 자신도 모르게 그 아이가 너무너무 얄미워 보였다. 바로 그 순간, 몇 년 전 밥상에서 자신에게 눈치를 주던 시어머니의 얼굴이 떠올랐다. 하영씨에게 큰 상처를 주었던 시어머니의 마음이 자신 안에도 똑같이 존재한다는 것이 큰 충격으로 다가왔던 것이다.

그때 하영씨는 알게 되었다.

자기 자식에 대한 치우친 사랑은 모든 엄마의 공통된 본능이며, 그로 인해 남의 자식은 큰 상처를 받을 수 있다는 것을. 그리고 자신 또한 그런 본능을 간직한 채로 나이를 먹으면 나중에 며느리 가슴에 못질을 할 가능성이 99.9%임을 깨닫는 순간, 결혼 초 시어머니의 행동이 이해가 되면서 마음 한구석에 웅크리고 있던 응어리가 풀려 나갔다.

결혼생활이 어느덧 10년째로 접어든 요즘, 하영씨와 시어머니는 가끔씩 같이 목욕을 가기도 하고 맛있는 음식이 있으면 서로 권하다 못해 입에다 넣어주는 사이가 되었다.

간장과 소금의 차이

저는 6남매의 맏며느리이자 종가집 며느리입니다. 종가집 며느리로서 단단히 각오를 하고 결혼을 했지만 시간이 흐를수록 음식문화의 차이로 시댁에 가기가 두렵습니다. 시댁에 갈 때마다 매번 시어머니 잔소리를 듣기 때문입니다. 이제 결혼한 지 겨우 2년이 지났는데, 앞으로 살아갈 일이 막막합니다.

결혼한 여성들이 신혼 초에 당황하는 일 중에 하나가 시댁과 친정 사이의 사소한 문화적인 차이이다.

영희씨도 종가집 맏며느리로 신혼 초부터 줄곧 시댁의 음식 문화에 꽤나 애를 먹었다. 영희씨의 시댁은 대구이다. 시댁 식구들은 보통의 경상도 음식이 그렇듯이 맵고 짠 음식들을 선호하는 편이지만, 영희씨는 서울 태생인데다 친정아버지가 위장이 약하고 혈압이 높으셨던 관계로 친정 음식들이 대부분 싱거워서 영희씨의 입맛은 보통 사람들보다도 싱겁게 먹는 편이다.

그래서 영희씨는 시댁에 가면 항상 긴장을 하고 식구들 입맛을 맞추기 위해 신경을 썼지만 돌아오는 건 시어머니의 잔소리뿐이었다. 그럴 때마다 싱겁게 먹는 것이 건강에도 좋다고 열심히 설명을 해도 시어머니는 들은 척도 하지 않고 자신의 방법만 고수했다.

영희씨는 요리를 할 때 대부분 소금으로 간을 맞췄는데, 시어머니는 흔히 '조선간장' 이라고 하는 국간장을 국은 물론이고 다른 음식을 간할 때도 사용했다. 젊은 시절, 냉장고는 구경도 할 수 없었던 가난한 시골 살림에 음식이 상하지 않게 하려면 자연히 짜게 간을 봐야 했던 습관을 여태 버리지 못한 것이다. 또 그런 요리에 익숙해진 시댁 식구들은 당연히 영희씨가 한 음식을 싫어했다.

시댁에 가서 음식을 하면 시어머니는

"음식은 간이 맞아야 된다. 간이 맞지 않으면 아무 소용이 없다. 네가 만드는 것이 어디 제대로 된 것이냐."

하고 잔소리를 하셨고 그럴 때마다 영희씨는 속으로 '그러면 어머니가 다 하시지, 왜 나한테 시키실까? 어유, 또 잔소리가 시작이시네.' 하면서 스트레스를 받곤 했다.

식구들 입맛에 맞춘다고 나름대로 노력을 한다고 하는데도 잘 안 된다는 푸념만 늘었고, 맏며느리 자리가 힘겹게만 느껴져서 한동안은 시댁 가기가 싫었다.

그러나 요즘 영희씨는 이런 문제로 고민하지 않는다. 시댁 식구들도 영희씨가 해준 음식을 맛있게 먹고 음식 솜씨를 칭찬하고 있는데다, 시어머니도 영희씨가 간을 맞추어 놓은 음식을 맛볼 때마다 흐뭇해하기 때문이다.

그동안 어떤 일이 있었던 것일까. 시간이 흘러도 문제가 해결되지 않자, 영희씨는 일단은 시댁 식구들이 원하는 대로 해주다가 음식의 간이 너무 짜서 이대로 가다가는 건강을 해칠 위험이 있다고 생각되면 서서히 싱겁게 만들어 보기로 했다.

무조건 자신의 판단이 옳다고 우겨봐야 자기만 힘들어진다는 생각도 들었고, 60년 넘게 간직해 온 입맛을 하루아침에 바꿀 수는 없기에 어쩌면 영희씨를 바라보는 시어머니도 나름대로 스트레스를 받고 있을지 모른다는 생각이 든 것이다.

그 뒤로 영희씨는 시댁에 가서 음식을 할 때면 소금으로 간을 맞추던 것을 국간장으로 바꾸었다. 그리고 시어머니를 쫓아다니며 간을 물어보면서, 될 수 있으면 시어머니 입맛에 맞추려고 애를 썼다.

그렇게 변하고 노력하는 영희씨의 모습을 보면서 시어머니는 영희씨 생각에는 아직도 좀 싱겁지 않을까 하는 음식도 "그만하면 됐다. 아주 맛있게 됐구나." 하면서 전과는 다르게 칭찬을 해 주었다. 물론 다른 식구들도 모두 좋아했다.

그런데 영희씨는 얼마 후에 새로운 사실을 알게 되었다. 시어머니가 아무도 모르게 간을 살짝살짝 더하고는 식구들에게는 영희씨가 모든 것을 다했다고 얘기해 왔던 것이다.

"어머니, 왜 그러셨어요? 간이 안 맞으면 말씀을 하시죠…. 그래야 제가 좀더 정확히 배우죠."

죄송한 마음에 짐짓 볼멘소리를 하자 시어머니는 이렇게 말했다.

"너는 이씨 집안의 장손 며느리잖니. 그런데 네 입맛만을 고집하는 것 같아 은근히 걱정이 돼서 잔소리도 하고 심하게 했던 거다. 그래야 네가 우리 집안에 좀더 빨리 적응을 하고 편해질 것 같아서. 그런데 언제부턴가 식구들한테 맞추려고 노력을 하더구나. 그러면 다 된 거지. 네 마음자세가 중요한 것이지. 조금 안 맞는 것이야 살아가면서 차차 맞춰가면 되는 거 아니냐. 그동안 많이 서운했지?"

"아녜요. 어머니, 죄송해요. 전 그런 줄도 모르고 어머니 원망만 했어요."

"그래, 그랬을 거다. 괜찮다. 내가 일부러 그런 거였으니까."

영희씨는 시어머니가 그런 속 깊은 생각을 하고 있는 줄은 꿈에도 모르고 단순히 음식의 간이 맞지 않아 야단을 치는 줄만 알았다.

따지고 보면 소금과 간장의 차이는 별게 아니었다.

소금을 넣든 간장을 넣든 식구들이 맛있게 먹을 수 있는 음식이면 되는 것인데 영희씨가 자신의 입맛만 고집하려 들었기 때문에 그토록 힘들었던 것이었다.

더구나 소수가 다수한테 맞추는 것은 여러 사람이 살아가는 데 단지 더 편안한 방법이기에 선택하는 것뿐인데도 줄기차게 자신의 방식을 고수했던 데에는 처음부터 시댁 식구들에게 밀리고 싶지 않은 심리가 있었던 것이다.

이렇게 해서 시어머니의 깊은 뜻을 알고 난 뒤로 영희씨는 시어머니와 더욱 가까워진 것은 물론 시댁에 가는 일이 즐거워졌다.

신경 쓰이는 생신상

시부모님 생신이 돌아오면 전 한 달 전부터 머리가 지끈거립니다. 그냥 간단하게 외식이나 했으면 좋겠는데 어른들은 외식도 싫어하십니다. 매년 생신을 굳이 잔칫상처럼 차려야 하는지 솔직히 이해가 가지 않습니다. 음식 솜씨도 별로 없는 저로서는 한마디로 죽을 맛입니다.

한 집안의 며느리로서 신경 쓰이는 일 중에 하나가 시부모의 생신을 챙기는 일이다. 어른들의 생신이 돌아오면 무슨 음식을 어떻게 해야 하나, 선물은 뭘 해야 하나, 하는 등등의 고민을 하지 않을 수가 없다.

며느리들이 여럿인 경우 서로 무슨 선물들을 하나 눈치를 보느라 피곤한 집안도 있고, 때로는 분에 넘치는 대접을 기대하는 어른들 때문에 과도한 지출을 해야 하는 상황 앞에서 가슴앓이를 하는 며느리들도 있다.

올해로 결혼 9년차인 나연씨도 시부모 생신이 돌아오면 항상 어떻게 넘겨야 하나 신경을 곤두세우고 고민을 하는 바람에 생신상을 한번 차리고 나면 며칠을 끙끙 앓을 정도였다. 그런데 몇 년 전 친정어머니 생신 날, 친정에 다녀온 뒤부터 나연씨는 자신이 할 수 있는 만큼만 하고 이런저런 걱정을 하지 않겠다고 마음먹었다.

평소에 나연씨가 가끔 친정에 들려서 시댁 흉이라도 보려고 하면 오히려 친정어머니는 네 올케를 보고 좀 배우라며 꾸짖으셨다.

그 때마다 나연씨는 입을 쑥 내밀고 며느리만 감싸고 돈다고 토라져서 오곤 하였다. 하지만 나연씨도 속으로는 시부모의 사랑을 듬뿍 받는 올케언니가 부럽기도 하고 한편으로는 시누이로서 고맙기도 했다.

그런데 그날 따라 분주히 일하는 올케언니의 모습이 유난히 나연씨의 마음을 흔들어 놓았다. 손님들이 다 돌아가신 후 뒷정리를 하면서 나연씨는 올케언니와 이런 저런 이야기를 나누게 되었다.

"언니, 힘들지 않아요? 저 같으면 시댁에 와서 이렇게 일만 하면 속이 상할 텐데 언니는 언제 봐도 싱글벙글하네요. 도대체 그렇게 살 수 있는 비결이 뭐예요? 나도 좀 알려줘 봐요. 솔직히 부끄러운 이야기지만 시댁 어른들 생신이나 무슨 행사가 돌아오면 저는 도망가고 싶다는 생각만 들어요."

"힘들죠. 왜 안 힘들겠어요? 하지만 음식 대접하는 사람이 힘들고 짜증나는 마음으로 상을 차리면 잡수시러 오는 분들이 그 불편한 마음까지도 함께 드실 거 아녜요. 먹고 체하면 어떻게 해요? 그런 음식 먹으면 저라도 체할 것 같아요. 죽겠다고 상 차렸는데 손님들이 그것 먹고 체하면 그런 손해가 없잖아요. 그래서 이왕 하는 일 즐겁게 하자 하는 생각으로 하니까 훨씬 덜 힘들고 어른들도 좋아하시는 것 같아요."

나연씨는 그날 가슴에 잔잔한 파문이 일었다. 어찌 보면 간단한 생각 하나 바꾸는 것에 불과한데 그걸 못했나 싶기도 하고 올케 언니한테 자신의 속 마음을 다 들킨 것 같아 무안했다.

나연씨는 시부모 생신이 돌아오면 편하게 넘어가고 싶은 마음에 한 끼 외식하는 것으로 대충 넘기려고 머리를 쓰느라 바빴고, 어쩌다 생신상을 차리면 속은 있는 대로 부어 가지고 '내가 맨날 이렇게 살아야 하나.' 하는 생각으로 마지못해 생일상을 차려 왔다.

그러나 그날 이후, 고민을 하고 스트레스를 받는다고 생일상을 안 차리게 되는 것도 아니고 어차피 해야 하는 일이라면 차라리 식구들끼리 기분 좋게 밥 한 번 먹자고 생각을 바꾸고 나니 홀가분해졌다. 마치 그냥 바닥에 내려 놓으면 되는 돌덩어리를 여태 들고 있었나 하는 기분이 들 정도였다.

처음에는 그렇게 올케의 말대로 자신을 달래가며 시부모 생신상을 차렸고, 해가 갈수록 정성과 마음을 담으려고 노력했다. 썩 근사하게는 못해도 어른들이 좋아하는 음식 몇 가지만으로 차리더라도 진심으로 생신을 축하하는 마음을 담으려고 했다.

그러자 어른들도 그 마음을 알아주었다.

"애들하고 힘든 데 뭘 이렇게 차렸니? 애썼구나. 다음부터는 그냥 나가서 먹자."

그런가 하면 불고기를 좋아하시는 시어머니를 위해 정성껏 한다고 키위를 많이 넣어 고기가 흐물흐물해졌는데도 불구하고 맛있게 드신 적도 있었다. 조카가 옆에서 고기 맛이 이상하다고 하는데도 연신 괜찮다고 하셨다. 행여라도 며느리가 실수한 것으로 인해 마음이 상하지 않도록 배려를 하신 것이다.

며느리가 진심으로 고마운 마음을 담아서 생신상을 차려드린다면 비록 상차림이 부실하다고 해도 뭐라고 할 시부모는 없을 것이다. 정작 어른들이 받고 싶은 것은 당신들을 진정으로 생각해주는 마음일 것이다.

더구나 시어머니들은 이미 며느리 과정을 다 거쳤기 때문에 어떤 일이 생겼을 때 며느리가 무슨 마음으로 일하는지는 어느 정도 쉽게 알 수가 있다. 자식들이 건넌방에서 싸우는 소리만 들어도 누가 잘못했는지 대충 알 수 있는 것처럼, 부모의 입장에서는 자식들의 마음이 훤히 보이기 때문이다.

나연씨는 자신이 마음 한번 잘 씀으로 인해서 우선 자신이 편해지고 집안이 편해진다는 것을 예전엔 미처 몰랐었다. 그저 생신이 돌아올 때마다 어떡하면 조금이라도 몸이 편할까만을 생각했었고, 그러한 생각 때문에 마음은 물론이고 몸도 괴로웠던 것을 뒤늦게나마 알게 되었다.

나만 잘해야 되나?

나이 차이가 꽤 있는 손윗동서도 있고 아랫동서도 있지만 시부모님을 모시고 사는 저에게 생신이나 제사에 관한 일들을 모두 미룹니다. 제사가 일년이면 여덟번이나 되는 집안에서 그 많은 제사는 모두 저의 몫이고, 가족모임을 해도 부모님이 계시니까 당연히 저희 집에서 모입니다. 정말 해도해도 끝이 없다 싶고, 인생을 잘못 사는 것 같아 억울한 생각이 다 듭니다.

주부들의 고민이라는 게 늘 가족과 가사에 집중되어 있게 마련이라 그렇고 그런 고민들 같지만 실제로 현명한 결론을 내리기란 쉽지 않다. 가족들이 모두 뜻이 맞고 서로 양보하는 분위기라면 좋겠지만 대부분이 그렇지 않아 많은 문제가 생긴다.

그러나 그런 상황이라고 해서 나도 모른다는 식으로 문제를 풀려고 하면 실타래처럼 엉키기만 한다. 무슨 일이 있어도 일단 자기 앞에 있는 일은 다 해놓는 것이 현명한 방법이다.

물론 얌체 같은 동서들이 잘못하는 것은 분명히 있는 그대로 사실이다. 그것까지 잘한다고 봐줄 수는 없다. 그런데 중요한 건 기준을 어디다 두느냐에 있다. 모든 기준을 나 자신한테 둔다면 남들이 어떻게 하는지는 큰 문제가 안될 것이다.

'우리 형님이 이번 생신에는 얼마나 내놓을까' 혹은 '자기가 상을 차린다고 하지 않을까' 하며 머리 쓰고 눈치보지 말고 그냥 나부터 할 수 있는 만큼 하는 거다. 형님이 이만큼 하면 나도 적당히 해야지, 하고 생각하다 보면 기준이 벌써 남한테 가 있는 것이 된다. 그렇게 한다고 손해볼 걸 덜 보는 것도 아니다. 오히려 눈치 보느라 머리만 아프고 나중에는 화가 더 난다. 더구나 그런 데에 머리 쓰는 것은 자칫하면 상대에 대한 원망만 생기고 피곤한 일이 될 수 있다.

그렇다고 그 방법이 쉽지는 않다. 그대로 봐주다가는 미칠 것만 같고 왠지 나 혼자만 바보같이 사는 것 같고 억울한 마음에 왜 나만 잘해야 되는가 하는 생각이 든다. 그렇지만 어려운 마음의 갈등을 넘기고 나면 결국 모든 복이 자기 자신한테 돌아온다.

미향씨는 아들만 넷인 집안의 둘째며느리인데도 시부모를 모시고 산다. 물론 처음부터 어른들을 모셨던 것은 아니다. 큰시숙이 운영하던 공장이 부도가 나 문을 닫으면서 부모님을 모실 형편이 안 되어 어쩔 수 없이 둘째네가 모시게 된 것이다.

당연히 처음에는 내키지 않았지만 미향씨는 이내 모든 상황을 받아들이기로 했다. 하지만 어른들을 모시고 사는 것은 생각만큼 쉽지 않았다. 끼니때마다 반찬에 신경을 써야 했고 외출도 마음대로 하기가 어려웠다. 그런가 하면 제사나 어른들의 생신 등 집안의 모든 행사를 자연히 미향씨의 집에서 하게 되었다.

상황이 이렇게 되자 때로는 속이 상해 남편에게 온갖 푸념을 늘어놓기도 했고, 어쩌다 이렇게 모든 걸 떠맡게 됐나 하는 마음이 울컥 들기도 했다. 풀리지 않는 응어리 때문에 가슴앓이를 하다가 시장 가는 길에 혼자 노래방에 가서 실컷 노래를 부르고 나온 적도 있었다.

그러나 시간이 갈수록 미향씨에게 돌아오는 것은 마음의 병뿐이었다. 미향씨는 뭔가 바뀌어야 한다는 느낌이 들었다. 계속 이런 식으로 살아서는 자신의 인생에 하나도 도움이 되지 않을 것 같았다. 고민 끝에 미향씨는 어차피 할 일이라면 누가 알아주기를 바랄 것 없이 주어진 일을 그냥 하자는 마음으로 모든 일을 해나갔다. 그렇게 생각과 마음을 바꾸자 한결 마음이 가벼워졌고, 좀더 베풀어야겠다는 심정으로 주위의 힘든 상황을 미향씨가 먼저 끌어안게 되었다.

시숙이 재기할 수 있도록 남편의 퇴직금 중간정산을 받아 큰댁에 드리는 결단도 내렸다. 그리고 행여라도 '내가 큰며느리도 아닌데 시부모를 왜 모셔?' 하는 생각은 꿈에도 하지 않으려고 애를 썼다. 집안에 무슨 행사라도 있으면 '하늘이 내게 나중에 복을 받을 수 있는 기회를 주셨구나' 하는 마음으로 팔을 걷어붙이고 일을 했다.

그러나 사람마다 생각이 다르고 마음이 다르다 보니 이런 미향씨를 시댁 식구들이 처음부터 좋게만 본 것은 아니었다. 윗동서 같은 경우에는 혹시나 자신의 처지가 어려우니까 동정을 해주는 건 아닐까 하는 오해를 한 적도 있었지만, 시간이 지나면서 미향씨의 진심이 전해져 이제는 윗동서뿐 아니라 모든 시댁 식구들이 미향씨를 좋아하고 따라주면서 고마워한다.

이렇게 미향씨 한 사람의 노력으로 집안은 더 화목해지고 식구들끼리도 단합이 되어 어려운 일이 있어도 서로 잘 돕게 되었고, 집안 식구들이 모이는 날에는 늘 웃음이 떠나지 않는다.

무슨 일을 하건 내가 먼저 잘해야겠다는 생각을 하기란 참으로 어려운 일이다. 그러나 남과 나를 구분하고 항상 나의 이익을 중심에 두고 있다면 결국은 서로가 서로를 바늘로 찔러대며 사는 것처럼 괴로운 세상이 될지도 모른다.

소화제와 설사약

결혼한 지 4년이 되는 저는 시어머님이 점점 싫어집니다. 그러다 보니 같이 식사라도 하면 속이 거북해지고 답답합니다. 신경이 있는 대로 쓰이면서 괴롭습니다. 어떤 때는 전화 목소리도 싫고 얼굴을 마주 대하는 것 조차 두렵습니다. 차라리 어디 이민이라도 가서 안 보고 살 수만 있었으면 좋겠습니다.

올해로 결혼 13년차인 진아씨도 결혼 초 몇 년 동안을 소화제와 설사약을 달고 살았다. 원래 성격이 소심하고 예민한데다 고부간의 갈등으로 인해 신경을 쓰다 보니 걸핏하면 체하고 설사를 잘 했다.

어쩌다 시어머니가 집에 와 며칠씩 머물다 가면 진아씨는 한동안 불면증과 소화불량으로 고생을 했다. 어른의 말씀 하나하나가 가슴에 못처럼 박히고 행동 하나하나가 다 가시처럼 걸려서 바짝

긴장을 하다 보니 약한 몸이 견뎌내질 못했다.

잔병치레 많은 며느리를 마음에 들어할 시어머니는 그리 많지 않기에 진아씨의 시어머니는 시어머니대로 진아씨를 못마땅해 하셨다. 하나 밖에 없는 아들이 벌어 온 돈을 마치 며느리가 병원비로 다 퍼 쓰는 것처럼 심한 말도 서슴지 않았다.

"도대체 너는 왜 그 모양이냐. 젊은것이 허구 헌 날 약을 달고 사냐. 결혼 전부터 그랬으면 고쳐 가지고 왔어야지. 으이그. 못난 놈, 그 좋은 혼처 다 마다하더니 원. 고르다 고르다 베옷 고른다고, 딱 그 짝 났다니까."

진아씨는 기가 막혔다. 한마디로 억장이 무너지면서 시어머니가 수준 이하의 사람으로 밖에 보이지 않았다. 더구나 '내가 누구 때문에 아픈 건데 저러나' 하고 야속하다는 생각밖에 들지 않았다.

그나마 남편이 좋아 살고 있지, 시어머니만 보면 이혼하고 싶은 생각이 그득했다. 하지만 싫다고 안 보고 살 수도 없는 노릇이어서, 진아씨는 갈수록 힘이 들었다. 친구들 모임에 나가서 하소연도 해보고 이웃집 아줌마들하고 이야기도 해보았지만 늘 답은 거기서 거기였다.

그러다 하루는 남편을 따라 외국에 나갔다가 3년 만에 잠시 귀국을 한 친구가 집에 놀러 왔다. 오랜만에 만난 두 사람은 그간의 이야기로 시간가는 줄 몰랐다. 그러다 문득 친구가 진아씨의 안색을 살피며 물었다.

"너 무슨 걱정 있니? 얼굴이 별로 안 좋다. 어디 아프니?"

"신경 쓰는 일이 좀 있어. 괜찮아."

"무슨 일이야? 얘기해 봐. 누가 아냐, 내가 도움이 될지."

"일은 뭐. 여자들 사는 게 다 그렇지. 남편하고는 문제가 없는데 시어머니가 눈엣가시 같아…. 사사건건 내가 하는 건 마음에 안 들어하셔서 노이로제에 걸릴 지경이야. 난 요즘 소화제랑 설사약을 달고 산다."

그간의 일들을 이야기하면서 진아씨는 속마음을 털어놓았다.

"너, 가슴에 맺힌 게 많구나. 그런데 네 위주로 생각하지 말고 시어머니 입장에서도 한번 생각해보는 게 어떨까."

친구가 진아씨의 얼굴을 쳐다보면서 조심스럽게 말했다. 알고 보니 친구도 한때는 시어머니를 모시고 살면서 마음고생을 심하게 했지만 문득 그렇게 살다간 자신의 수명만 단축될지도 모른다는 생각이 들자 정신이 번쩍난 것이다.

그래서 우선은 자신을 위해서 운동도 하고 등산도 하면서 스트레스를 풀어버리려고 했고, 매사에 불만스럽게 보던 시각도 긍정적으로 바꾸려고 애를 썼다고 한다. 그러면서 될 수 있으면 상대방 입장에서 먼저 생각하려고 노력했더니 시어머니와 사이가 많이 나아졌다고 한다.

친구가 돌아간 뒤 진아씨는 친구가 했던 말들을 곰곰이 되새겨 보았다. 남을 안 좋게 생각하고 미움을 마음에 담아두면 무엇보다도 자신이 먼저 망가진다는 말이 가슴에 진하게 와 닿았기 때문이다. 어쩌면 자신이 지금 힘든 것은 시어머니 때문이 아니라 자신의 마음이 문제일지도 모른다는 생각이 들었다.

진아씨의 남편은 진아씨가 시어머니 일로 속상해 하면 늘 이렇게 말을 했다.

“마음을 좀 넓게 가져봐라. 당신은 너무 소심한 게 탈이야. 뭘 그렇게 신경을 쓰니. 지나쳐도 될 일은 그냥 넘어가면 안 되니. 당신 그러다 제명에 못 산다. 어머니 하루이틀 겪는 것도 아니잖아. 당신이 좀 받아 주면 안 돼? 어떻게 매사가 당신 마음에 꼭 들게 해야 되냐. 당신이 먼저 어머니 마음에 들게 하지 못하면 그냥 봐드리기만 하면 되잖아. 원래 그런 분인가 보다 하고.”

남편이 항상 그런 식으로 충고를 해도 귀에 들어오지 않았었는데, 친구의 이야기를 듣고난 후 진아씨는 남편의 이야기가 맞다는 생각이 들었다. 결국 자신이 그렇게 힘들어한 것은 시어머니라는 외부적인 원인도 있었지만 그보다는 자신의 내면적인 원인이 크게 작용을 했다는 걸 깨달았다.

시어머니는 시어머니대로 살아오신 방식이 있고 그것을 인정해 드리면 그만인데, 자기 마음에 들지 않는다고 매사에 따지고 있었으니 속이 불편할 수밖에 없었던 것이다.

요즘 진아씨는 소화제와 설사약을 끊고 산 지가 꽤 되었다. 문제의 원인이 자신의 마음에 있다는 걸 알고 나서부터는 자신을 먼저 다스려야겠다는 생각을 하면서 주변에 봉사활동도 하러 다니고 나름대로 취미생활도 하면서 생각의 폭을 넓히고 마음의 여유를 가지려고 노력한다.

어차피 시어머니와는 세대 차이에서 오는 갈등들은 있게 마련이다. 하지만 그런 상황이 생기면 예전처럼 전전긍긍하지 않고 본인의 주장을 펼 때는 확실히 펴고 시어머니의 의견을 존중할 때는 최대한 존중해 드리려 애쓰다 보니 고부간의 갈등도 점차적으로 사라지게 되었다.

고달픈 외며느리

홀시어머니의 외며느리는 참으로 힘든 자리인 것 같습니다. 결혼 전 친정 부모님께서 결혼을 반대하던 이유를 이제야 알겠습니다. 저의 선택이 정말 후회가 됩니다. 사랑하는 사람과 함께 한다는 기쁨만 생각했지, 그 이면에 이런 고통이 있을 줄은 상상도 못했습니다.

홀어머니의 외아들과 결혼한 승연씨는 비록 시어머니를 모시고 살지는 않았지만 한동안 숨이 막히는 듯한 생활을 했었다. 승연씨의 남편은 둘째가라면 서러워할 만큼 효자였고, 혼자되신 지 20년이 넘는 시어머니의 아들 사랑은 지나치다 싶을 정도였다.

처음에는 당연히 모시고 살 생각을 했던 승연씨는 결혼과 동시에 아들부부를 분가시킨 시어머니의 생각이 놀랍기도 하고 고맙기도 했다. '신혼 때 따로 살아보지 언제 살아보냐' 하셨기에 시어머니는 너그럽고 따뜻하신 분인 줄만 알았다.

주위에서도 당연히 놀랐고, 승연씨의 결혼을 걱정스럽게 바라보았던 친정 부모들까지 그런 분이 어디 또 계시겠냐고 잘해 드리라고 하셨다.

그런데 시간이 흐르면서 승연씨는 시어머니가 왜 굳이 분가를 원했는지 알게 되었다. 혼자 사는 생활에 익숙해지다 보니 당신 스스로가 남의 식구를 받아들일 엄두가 나지 않은 것이었다.

승연씨의 신혼생활은 겉으로는 행복해 보였을지 몰라도 홀시어머니를 두고 따로 사는 대가는 컸다. 주말이면 어김없이 시댁에 들려야 되고 주중에도 일만 있으면 가야 했다. 부부끼리의 오붓한 신혼생활은 거의 없었다. 볼일이 생겨도 부부동반 친구들 모임이 아닌 이상 모든 곳에 항상 시어머니와 함께 해야만 했다. 말이 분가지 어떤 때는 차라리 같이 사는 편이 더 낫겠다 싶었지만, 시어머니가 혼자 있는 시간이 많았기 때문에 처음에는 그런 일들을 자연스럽게 받아들였다.

그러나 시간이 흐를수록 부부만의 시간이 없다 보니 슬슬 짜증이 났다. 게다가 시어머니는 오직 아들밖에 몰랐다. 승연씨가 남편을 위해 뭘 좀 하려 해도 시어머니가 먼저 나서서 해주곤 했다. 묘한 기분이 들 정도로 시어머니는 아들에게 집착을 하고 있었고, 무슨 일이든지 당신 마음대로 결정하고 그대로 따르기를 바랐다.

승연씨는 도대체 내가 왜 결혼을 했는가 하는 회의가 들기 시작했다. 시어머니와 남편사이에 도저히 자기가 끼어들 자리가 보이지 않고 자신이 항상 이방인처럼 느껴지는 것이 슬펐다. 그러면서 시어머니는 물론 남편과의 사이도 서서히 벌어졌다.

아이가 태어나면 좀 괜찮아질까 했지만 시어머니의 손자에 대한 애착 또한 지나쳐서 승연씨를 더 힘들게 했다. 하루하루가 사는 것 같지 않았던 승연씨는 시어머니가 보는 앞에서 이혼을 하겠다고 보따리를 챙기기도 했고 며칠 동안 애를 데리고 가출을 하기도 했다. 하지만 문제가 해결되지는 않았다. 서로 갈등의 골만 깊어질 뿐이었다.

오히려 그럴 때마다 시어머니는

"내가 빨리 죽어야 이꼴 저꼴 안 보고 산다. 남편복 없는 년은 자식복도 없다더니. 아이고, 내 팔자야."

하고 넋두리를 하며 난리를 쳤다.

승연씨 남편도 아내와 어머니 사이에서 어떻게 해야 할지 갈피를 잡지 못했다. 남편은 이따금 승연씨에게 하소연을 했다.

"당신이 어머니하고 같은 처지라고 생각해 봐라. 남편이 먼저 죽고 애들 고생하며 키워 놓았는데 아들 며느리가 찬밥 대접한다고 느낀다면 얼마나 괴롭겠냐."

승연씨는 남편의 이야기가 이해되지 않는 것은 아니었지만 아무리 해도 원망과 미움을 주체할 수가 없었다. 갈등의 골이 깊어지면서 승연씨는 자신의 인생을 놓고 심각하게 고민했다.

하루에도 몇 번씩 이혼을 떠올렸다. 그러던 어느날, 문득 시어머니께 모든 걸 맞춰드리면서 살면 이 괴로운 현실을 이겨낼 수 있지 않을까 하는 생각이 들었다. 생각이 거기에 미치면서, 마지막으로 해보고 안 되면 그대로 이혼하겠다고 다짐을 했다. 죽을 각오로 한 번 덤벼보자는 각오를 한 것이다.

승연씨는 먼저 시어머니에 대한 미움이 어디서부터 시작되었는가를 분석해 보기로 했다. 그 과정에서 승연씨는 시어머니가 아들을 결혼시킬 생각만 했지 정신적으로 독립을 시키지 않았다는 사실을 깨달았다.

자식은 스무 살이 되면 마음에서 놓아야 한다고 하는데, 시어머니는 아들을 떠나 보낼 마음의 준비가 안 된 상태에서 결혼을 시킨 것이었다. 그러니 아들에게 여태까지 당신이 해주던 일을 평생 동안 대신 해줄 수 있는 아내가 있다는 사실을 미처 인식하지 못했던 것이었다.

그러면서 동시에 승연씨 자신도 남편에게 집착을 하고 있음을 깨달았다. 시어머니를 미워하는 마음이 강해지면 강해질수록 남편이 자신에게서 멀어지지 않도록 단속을 했던 것이다.

그동안 시어머니가 아들에 대한 사랑이 지나쳐 집착을 하고 있다고 불평을 하고 있었으면서, 정작 남편에게 집착을 하고 있는 자신의 모습을 보지 못했던 것이다.

시어머니의 집착과 자신의 집착이 별 차이가 없음을 알게 된 승연씨는 그 뒤부터 되도록 마음의 여유를 가지려고 애썼다. 원래 소심해서 작은 일에도 전전긍긍하는 편이었는데, 그 습관도 고치려고 노력했다.

시어머니와 남편이 단둘이 앉아 있는 모습을 보면 자기네들끼리 무슨 이야기를 하나 혹시 자신의 흉을 보는 건 아닌가 해서 촉각을 곤두세우고, 외출 때마다 가끔씩 아들을 앞장세우는 시어머니를 못마땅히 여겼었는데, 그런 상황들을 느긋하게 바라보자 승연씨는 마음이 무척 편해지기 시작했다.

시어머니가 남편만 데리고 외출을 해도 예전처럼 삐쳐 있는 것이 아니라 진심으로 잘 다녀오시라고 인사를 했고, 때로는 자신이 남편과 갈 만한 자리라도 바람 쐬시라며 시어머니를 보내드렸다.

그리고 혼자인 시어머니께는 남편이 아들이기도 하지만 때로는 돌아가신 시아버지의 자리를 어느 정도는 채워줘야 한다는 생각이 들면서 시어머니와 남편 사이를 이해하려고 노력했다.

승연씨는 진심으로 시어머니를 위하기 시작했고, 한 여성으로서 평생을 힘들게 살아온 시어머니를 이해하게 되었다. 시어머니가 고생하면서 살아온 이야기를 풀어놓으면 조용히 듣고 위로해드렸다.

승연씨가 그렇게 변하면서 시어머니도 조금씩 며느리를 향해 마음의 문을 열기 시작했다. 전에는 무조건 아들만 챙기던 분이 맛있는 것이 생기면 승연씨 앞에 놓아주기도 했고 혹시 아프기라도 하면 손수 약을 사다 주기도 했다.

이제 승연씨의 시어머니는 아들보다 며느리를 더 의지하게 되었다. 아들은 그저 든든한 바람막이에 불과할 뿐, 실제로는 며느리가 훨씬 낫다는 말도 종종 한다.

승연씨는 자신이 선택한 마지막 방법이 행복을 가져다 줄 것이라는 기대는 별로 하지 않았다. 다만 너무 힘들고 괴로워서 죽기를 각오하고 자신을 던져 버리면 어떻게 되는지 보고 싶었던 것인데, 결과는 승연씨가 생각했던 것 이상으로 나타났던 것이다.

이상한 편견

맞벌이를 하는 주부인데, 가끔씩 시어머니가 전업주부인 동갑내기 시누이와 저를 은근히 비교하면서 무시하시곤 합니다. 이런 것들이 자꾸 쌓이기 시작하니 점점 시어머니가 싫어집니다. 그렇다고 저희가 분가를 할 수도 없는 상황이다 보니 괴롭기만 합니다.

어머니들 중에는 아들이 시장바구니를 들거나 부엌에서 며느리를 도와주고 있으면 못난 놈이라고 혀를 차고, 사위가 딸을 도와주고 있으면 자상하다고 칭찬을 하는 분들이 있다.

어디 그뿐인가. 자신의 며느리와 딸도 차별을 하는 경우가 많다. 딸은 무슨 보물단지쯤으로 여기고 며느리는 무쇠팔 무쇠다리로 만든 로봇으로 여기는 시어머니도 있다. 물론 며느리와 딸이 똑같은 자식이 될 수는 없겠지만 아예 한쪽으로 마음이 치우쳐 버린 경우도 있다. 아직도 많은 부분에서 이런 편견을 갖고 있는 시어머니들 때문에 속을 끓이는 며느리들이 많은 듯하다.

결혼 5년차인 현미씨는 시어머니를 모시고 있다. 초등학교 교사인 현미씨는 학교가 좀 멀어 통근시간이 한 시간 정도 걸린다. 그래서 방학을 제외하고는 시어머니가 집안살림과 네살 난 딸아이의 육아를 거의 전적으로 맡고 있는 형편이다.

현미씨는 늘 감사한 마음으로 시어머니를 모시려고 하지만 이따금 속에서 화가 치밀 때가 있다. 가끔씩 그녀와 한 살 아래인 시누이를 비교하면서 속을 긁어 놓을 때가 있기 때문이다. 일찍 결혼한 시누이는 결혼 10년차의 살림 잘하는 전업주부로, 걸핏하면 현미씨와 비교 대상이 되곤 했다.

어느날 시어머니는 추어탕을 끓이려고 미꾸라지를 사오자 마자 가깝게 사는 딸한테 전화를 걸어 와서 먹고 가라고 했다. 이날 오후 시누이가 시어머니를 도와서 추어탕을 끓였는데, 사실 시누이가 한 일이라곤 각종 야채를 다듬는 정도였다. 그 밖에 미꾸라지를 다듬는 작업(고기를 삶아서 뼈를 추리는 일)을 비롯해 국간을 맞추며 국을 끓이는 일은 시어머니가 다 했다.

그럼에도 학교를 마치고 파김치가 되어 들어온 현미씨를 보자마자 시어머니는

"빨리 저녁 해라. 고모(시누이) 밥 먹고 가게. 고모가 추어탕을 끓이느라 애썼다."

하며 재촉을 하는 것이었다. 그날 따라 수업이 많았던 데다 길이 막혀 한 시간이 넘게 운전을 하고 들어온 현미씨는 피곤했지만 힘든 내색 하나 못하고 저녁밥을 지었다.

식사가 끝난뒤 시어머니는 밥통에 추어탕을 가득 퍼서는

"가지고 가서 두고 먹어라."

하면서 시누이를 돌려보냈다. 그리고 잠시 후, 하루종일 일에 지친 며느리의 형편은 아랑곳하지 않고 근처에 사는 시동생 식구들까지 불러 저녁을 대접하게 했다.

다른 식구들에게 식사 대접을 한 것까지는 그런대로 넘어갈 수 있었다. 현미씨 또한 퇴근해서 한 일은 밥하고 설거지 정도였으니까. 하지만 정작 하루종일 일에 지친 현미씨를 맥 빠지게 한 것은 시어머니의 말이었다.

"내가 추어탕이 먹고 싶다니까 경이가 와서 끓여주고 갔다. 걔나 있으니까 내가 이렇게 얻어먹지."

일부러 며느리 들으라고 하는 듯한 말이 현미씨에게는 비수가 되어 꽂혔다. 변변찮은 며느리 대신 딸 덕을 보고 산다는 뜻으로 들렸던 것이다.

그 뒤로 추어탕을 끓인 일이 있었는데 이때도 시어머니는 친구분에게 비슷한 말을 했다. 이날 현미씨는 시누이가 한 것처럼 시어머니 옆에서 나물을 다듬고 데치는 일을 도왔다. 간을 맞추고 끓이는 일은 역시 시어머니가 했는데 이날도 시어머니는 딸을 불러 국을 퍼주고 저녁을 먹여 보냈다. 물론 밥을 하고 상을 차리고 뒤처리를 하는 일은 현미씨 혼자 다 했다. 그랬는데도 현미씨는 이날 좋은 소리를 못 들었다.

저녁에 친구분을 불러 저녁을 먹으면서 시어머니는 노골적으로 며느리의 흉을 보았다.

"나이가 저만한데도 국 하나를 못 끓여 내가 했어. 제대로 할 줄 아는 건 하나도 없고…. 나이를 헛먹었다."

순간 현미씨는 얼굴이 달아 오르면서 쥐구멍이라도 있으면 숨고 싶은 심정이었다. 같은 상황에서 딸과 며느리가 하는 일은 비슷했는데도 불구하고 관점과 평가가 달라지는 것에 현미씨는 분노까지 느꼈다. 일을 더하고 덜하고는 문제가 아니라 똑같은 상황에서도 며느리와 딸을 그런 식으로 차별하는 시어머니에 대해 울컥 서운한 마음이 들었다.

매사에 똑같은 일을 해도 딸이 하면 기특하고 며느리는 당연한 것이다. 아마 결혼한 여성들이라면 한 번쯤은 겪을 수 있는 일이 아닐까. 현미씨는 그 일로 인해 한동안 마음이 불편했지만, 그렇다고 해서 쉽게 바뀔 수 있는 상황은 아니었다. 60평생을 넘게 살아온 시어머니가 어떻게 하루아침에 변할 수 있겠는가.

그러나 매번 그런 상황에서 마음을 상할 수는 없다는 생각이 든 현미씨는 어떻게 하면 마음고생 없이 편하게 살 수 있을까를 고민했다. 어른이 하는 일을 젊은 사람이 일일이 따져 가면서 지적할 수도 없는 일이지만, 그렇다고 무작정 참고 마음에 쌓아두면 그게 다 병이 되지 않던가.

더구나 그런 경우 시어머니는 자신의 생각이나 행동이 어떻게 잘못되어 있는지조차 모르는 경우가 대부분이었다. 오히려 '나처럼 괜찮은 시어머니가 없을 거다.' 하기가 쉬웠다. 그러니 그런 분을 바꾼다는 것은 무척이나 어려울 것이었다.

현미씨는 그렇다면 차라리 나 자신이 바뀌면 어떨까 싶었다. 생각이 거기까지 미치자 마음이 조금은 편안해졌다. 어차피 피를 나눈 가족이라도 매사에 생각이 같을 수 없는 법인데 하물며 시어머님과 어떻게 똑같을 수가 있겠는가 하고 생각하며 시어머니를 있는 그대로 인정하기로 마음 먹었다.

그렇게 생각을 바꾼 현미씨는 마음에 평화가 찾아오면서 그 속에서 작은 깨달음을 얻었다. 시어머니가 잘못한다고 해서 자신이 그것을 옳으니 그르니 따져봐야 아무 소용이 없다는 걸 알았다. 차라리 그것보다는 시어머니를 넉넉하게 이해하는 편이 자신을 위하는 일이라는 걸 알았다. 당신이 하는 행동이 잘못한 거라는 생각도 못하는데 그걸 꼬집어서 이야기해 봐야 서로 기분만 상할 것은 불을 보듯 뻔한 일이었다.

오히려 그런 시어머니를 보며 '내가 저 위치에 가면 난 적어도 그런 행동은 하지 말아야겠다' 하는 교훈을 얻고 나중에 좋은 시어머니가 될 수 있도록 스스로 인격과 소양을 겸비하는 것이 훨씬 현명하다는 판단이 들었다.

결국 현미씨는 추어탕 사건을 계기로 시어머니의 행동이 옳지 못한 것을 무조건 그대로 참고 넘기려 하면 마음의 병이 되지만 시어머니를 이해하는 넓은 마음이 되면 조그마한 앙금도 없어져 자신의 마음이 더없이 편안해지는 소중한 이치를 알게 되었다.

이해되지 않았던 시외할머니

남들이 겪는 고부갈등 이상으로 시외할머니와 깊은 갈등이 있었습니다. 처음에는 보통의 할머니라면 손주며느리를 귀엽게 봐주실 거라고 생각했지만, 마치 혼자된 시어머니가 아들만 감싸려고 하는 것처럼 행동하시는 시외할머니와의 갈등으로 할머니에 대한 미움과 분노를 점점 주체할 수가 없습니다.

살다 보면 만나서 기분 좋은 사람도 있지만, 보기만 해도 재수가 없다고 느끼는 상대가 있다. 또 하는 짓마다 얄미운 사람이 있고, 심하면 죽었으면 하고 바라게 되는 사람도 생긴다.

수정씨는 시외할머니가 너무 밉다 못해 안 볼 수 있었으면 하고 바라기도 했던 사람이다. 시부모가 안 계시는 상황인데도 불구하고 남들이 겪는 고부갈등 이상으로 시외할머니와 깊은 갈등을 겪었던 것이다.

시어머니는 수정씨가 결혼하기 직전에 병고로 세상을 떠났고 시아버지 또한 결혼 후 얼마 안 되어 지병으로 아들 며느리 곁을 떠났다. 수정씨에게 시어른이라고는 멀리 떨어져 사는 큰댁 어른들과 교직 생활을 하던 시어머니를 대신해 남편을 애기 때부터 키워준 시외할머니가 전부였다.

시외할머니는 젊어서 남매를 두고 청상이 되었다가 다시 어린 아들을 잃었다. 그래서 남은 생을 오로지 딸과 외손자에게 모든 것을 걸고 살아온 분이었다. 더구나 딸을 앞세운 뒤로는 하나밖에 남지 않은 혈육인 외손자에게 더욱더 애정을 쏟게 되었다.

이것이 수정씨한테는 다른 사람이 겪는 고부갈등 이상이 된 것이었다. 처음에는 수정씨도 우리가 흔히 생각하는 외할머니상을 떠올리고 편하게 생각하다가 뒤늦게 할머니의 손자에 대한 애정이 지나치다는 걸 알게 되면서 가슴에 많은 상처를 입었다.

남편과 연애시절 수정씨가 시댁에 들렀다가 집에 돌아갈 시간이 되어서 남편이 버스정류장까지 바래다 주려고 하면 시외할머니는 싫은 내색을 하며 남편을 못 나가게 했다. 집이 한적한 곳에 있어서 밤에 혼자 나오기는 무서운 곳이었는데도

"뭘 굳이 바래다 줘? 혼자 갈 수 있잖아."

하는 할머니를 보고 그때만 해도 그게 수정씨에 대한 질투 때문이라고는 생각하지 못했다.

결혼 후에도 시외할머니는 세상을 떠난 시어머니를 대신해 기회가 있을 때마다 손자를 끼고 있으려 했다. 어쩌다 수정씨 부부가

산책을 나가려고 해도 굉장히 싫은 내색을 하는가 하면 당신 방에 있는 이불과 요를 부부가 쓰는 방 장롱에 넣어 두고 쓰기까지 했다. 더욱 힘들었던 것은, 대학 졸업 후 바로 결혼을 해서 살림을 제대로 할 줄 모르는 수정씨를 다른 집 며느리들과 비교하면서 면박을 주던 일이다.

"옆집 며느리는 똑똑해서 박사 학위도 받고 음식도 잘하고 살림도 잘한단다."

듣고 있으면 속이 거북할 소리만 골라서 했다. 한 번은 이런 일도 있었다. 미국 유학 중이던 할머니의 먼 친척뻘 조카가 잠시 한국에 나와서 인사차 집에 들렀을 때 꽃게탕을 해서 저녁식사를 했다. 꽃게탕은 수정씨가 평소에 좋아하는 음식이었지만 집안 어른들이 다 모인 자리라 수정씨는 감히 손도 못 댄 채 가까이 있던 가지무침만 반찬 삼아 열심히 먹고 있었다.

시외할머니는 그런 수정씨를 한참 흘겨보더니 수정씨 앞에 놓여 있던 가지무침을 냉큼 잡아채듯 들어다 조카 앞에 갖다 놓고는 격앙된 목소리로 "야, 너 좀 먹어라." 하는 것이었다.

같이 식사를 하던 다른 식구들조차 무슨 영문인지 몰라 당황한 기색들이 역력했다. 수정씨는 이런 대접을 받으면서까지 살아야 되나 싶을 정도로 기분이 상해 버렸다.

'밥 먹을 때는 개도 안 건드린다는데, 나는 이게 뭔가. 도대체 내가 어디가 어때서 저러시는가.'

수정씨는 밥도 먹고 싶은 대로 못 먹는 자신의 처지가 서럽고 한스럽기만 했다. 여느 할머니들처럼 자신의 시외할머니도 손주 며느리를 귀엽게 봐줄 거라고 생각했던 수정씨는 마치 혼자된 시어머니가 아들만 감싸려는 것처럼 행동하는 시외할머니에 대해 미움과 분노를 주체할 수 없게 되었다.

그러던 수정씨는 아이를 낳아 기르게 되면서 할머니에 대한 미움이 조금씩 가라앉기 시작했다. 자식에 대한 사랑과 애착이 뭔지를 느껴 보았고, 신혼 초 남편에 대해 일었던 열정에서도 조금은 담담해질 수 있었다. 또한 종교에 귀의를 하면서 할머니에 대한 이해를 조금씩 키웠고, 그에 따라 미움도 조금씩 줄여갔다.

주위의 많은 이들이 그래도 불쌍한 분이니까 잘해 드리라고 하거나, 사시면 얼마나 더 사시겠느냐, 원하는 대로 해드리라고 충고를 해주면 머릿속으로는 끄덕거리고 받아들여도 마음에 받았던 깊은 상처들은 쉽게 지워지지가 않았다.

그렇지만 아침마다 기도도 하고, 속이 상해 울기도 하고, 머리로는 이해가 되지만 마음으로는 포용이 안 되는 것이 더 힘들어 소리를 질러 보기도 하면서 조금씩 할머니를 마음에서 받아들이는 연습을 하기 시작했다. 아무리 좋지 않은 인연으로 만났다 해도 이대로 끝낼 수는 없다는 생각이 들기도 했고, 무엇보다 마음에 미움을 담고 살아간다는 것이 너무 힘들었기 때문이다.

수정씨는 싫어하는 마음을 누르고 할머니가 원하는 것을 실제로 온몸을 던져서 해주기 시작했다. 그리고 뭐든지 할머니 입장에서 생각하려고 애를 썼다. 장을 담그는 철이 지났는데 할머니가 갑자기 된장을 담자고 해도 '그래, 원하시는 일이니까 그냥 해드리자' 하는 생각으로 기꺼이 모든 일을 했다. 남편 회사 사람들을 불러 대접을 하자고 했을 때도 수정씨는 요통으로 통원치료를 받고 있었지만 기꺼이 시외할머니가 원하는 바를 해드렸다.

때로는 '꼭 이렇게까지 해야 하나' 하는 생각이 들면서 할머니에게 최선을 다하려는 마음이 무너지려고 하면 자신을 기도와 반성으로 붙들면서 할머니와의 갈등을 어떻게든 이겨내야겠다고 강하게 마음먹었다.

그렇게 할머니 말에 무조건 따라보려고 애를 쓰면서 할머니에 대해 조금씩 연민이 생겨나기 시작했고 미움도 사라져 갔다. 가슴에서 미움을 몰아내자 마음이 너무나 고요하고 편안해졌다.

수정씨가 노력하는 모습을 보면서 할머니도 달라지셨다. 수정씨에게 상처를 주는 말도 거의 하지 않았고, 전과는 달리 손주며느리를 인정하고 존중해 주었다.

세대차이는 물론 습관과 취향 등 여러 가지 면에서 다른 점이 많았지만, 할머니의 말과 행동들이 예전처럼 수정씨 가슴에 비수처럼 꽂히지는 않았다. 수정씨는 할머니의 말과 행동들을 좀더 객관적으로 수용할 수 있게 되었고, 듣기에 자신이 고쳐야 할 점이라면 기분 나쁘게 받아들이지 않고 스스로 고치려고 노력도 했다.

그 과정에서, 수정씨는 조목조목 따지고 들면 분명히 할머니가 잘못한 점도 있었지만 자신에게도 부족했던 점이 많았던 것을 깨닫게 되었다. 자신은 조금도 움직이지 않은 채 상대방이 먼저 고치기를 바라던 마음을 바꾸면서 수정씨는 자신의 잘못을 알게 되었다. 설사 할머니가 이치에 어긋난 행동을 했다 하더라도 자신이 먼저 그 분을 진정으로 사랑하는 마음을 가졌다면 과연 그렇게 오랫동안 괴로웠을까 하는 생각이 들었던 것이다.

쉽지 않은 일들을 이를 악물고 해내는 과정에서, 수정씨는 그 동안 할머니를 이해하고 사랑하려고 나름대로 노력한 것이 단지 생각에 불과했으며 자신이 마지못해 의무감에서만 행동해 왔다는 걸 깨닫게 되었다. 나아가 진실로 상대를 위하는 마음이 담기지 않은 행동으로는 상대를 움직일 수 없다는 것을 절감하게 되었다.

수정씨의 시외할머니는 몇 달 전 노환으로 세상을 떠났다. 할머니는 숨을 거두기 전 손주 며느리의 손을 꼭 잡아 주면서 이런 말을 했다.

"아가, 그동안 나한테 서운한 게 많았지? 사실 네가 미워서가 아니고 현이 애비를 너무 사랑하다 보니 그렇게 됐구나. 그래도 네가 그런 내 마음을 이해해 주어서 고마웠다. 부디 행복하게 잘 살아라. 그동안 나한테 잘 해 주어서 너무 고맙다."

마음속에 미움을 담고 있으면 괴로운 것은 자기 자신이고, 상대를 더 미워할수록 자신만 더욱 괴로워진다. 수정씨는 누군가와 갈등이 있을 때 자신이 진정으로 편해지려면 상대를 용서하거나 이해하고 나아가 포용을 해야 한다는 것을 깨닫게 되었다.

지겨운 명절과 제사

저는 장손며느리인데, 명절과 제사가 아주 지긋지긋합니다. 몸도 약해서 한번씩 행사를 치르고 나면 며칠씩 앓아눕습니다. 이 일을 평생 해야 할 것을 생각하면 암담하기만 합니다. 할 수만 있다면 결혼 자체를 물리고 싶은 심정입니다.

명절이 다가오면 많은 주부들의 걱정과 한숨 소리가 들린다. 동서간에 누가 먼저 와서 일을 하는가 하는 신경전이 벌어지거나, 시댁에 왔어도 서로 어떻게 하면 일찍 빠져나갈까 머리 쓰기 바쁘다. 그런가 하면 직장을 핑계로 돈만 달랑 놓고 가는 동서 때문에 하루 종일 혼자 동동거려야 하는 며느리의 경우도 있고, 어떤 집은 명절이나 제사로 인해 부모형제 사이까지 멀어지고 끝내는 부부 사이가 벌어지는 일도 있다.

서로 힘들기만 한 명절이나 제사가 얼마나 의미가 있을까? 원래 제사는 돌아가신 분에 대한 추모와 예의로 지내는 것이고 명절은 조상들께 감사를 드리고 서로 떨어져 살던 부모 형제들이 오랜만에 만나 서로 정을 나누며 따뜻한 마음을 주고받기 위해 있는 것이 아니던가.

고향이라고 하면 흔히 시골집 정도로 생각하지만, 우리들 가슴 속에는 자신의 순수했던 어린 시절과 부모님의 무조건적이고 헌신적인 사랑이 기억되는 마음의 고향이 자리잡고 있다.

그 마음의 고향을 누구나 다 갈망하기 때문에 그 시절을 그리워하면서 차가 밀리는 고속도로를 아랑곳하지 않고 몇 시간씩 걸려서 고향을 찾는 것이다. 그런데 요즘의 명절은 본래의 의미가 퇴색하고 형식만 남다 보니 분위기가 점점 삭막해지는 경향이 있다.

마흔이 조금 넘은 희경씨도 장손며느리기에 명절과 제사가 있을 때면 허리가 휘게 일을 한다. 결혼 후 몇 년 동안 희경씨는 자신의 신세를 한탄하고 살았다. 일년에 여섯번 있는 제사가 지겨웠고, 명절에는 잠시도 앉아 있을 틈이 없어서 너무나 힘들었다. 손아래 동서들이 생겼어도 상황이 달라지는 것은 아니었다.

오히려 동서들은 명절 차례가 끝나면 친정에 갈 수 있었지만 장손며느리인 희경씨가 친정에 가는 것은 꿈도 꾸기 힘들었다. 시어머니는 항상 맏이인 희경씨가 모든 걸 책임지고 하길 바랐기 때문에 억울하다는 생각에 혼자 울기도 많이 했다.

막내딸로 고생 한번 안 하고 자란 희경씨로서는 맏며느리 역할이 감당하기 힘들었다. 철없던 시절 남편을 만나 그저 사랑만 있으면 된다고 생각했기에 친정부모님의 걱정도 뒤로 하고 대학을 채 졸업하기도 전에 한 결혼이었다.

하지만 그렇게 힘들어 한다고 해서 달라지는 것은 아무것도 없었다. 남편과 이혼을 하지 않는 한 모든 상황을 받아들일 수밖에 없다고 생각한 희경씨는 씩씩해지기로 했다. 어차피 스스로 선택한 길이니 최선을 다해보기로 마음먹었다. 그렇다고 자기 혼자 모든 걸 짊어지겠다는 생각은 하지 않았다. 최선을 다하되, 할 수 없는 일은 솔직하고 분명하게 다른 사람의 도움을 청했다. 남편에게도 때때로 도움을 요구했고, 시부모나 동서들에게도 양해를 구하되, 하기 싫어서 꾀를 부리거나 요령을 피우려고 하지는 않았다.

처음에는 식구들 사이에 오해가 다소 있기는 했지만 이내 모두가 희경씨의 진심을 알게 되었다. 희경씨는 무엇보다 집안의 화목에 힘을 썼다. 명절이나 제사에는 마음이 우선해야 된다는 걸 알았기 때문이다. 희경씨가 일이 하기 싫다고 얼굴을 찌푸리고 있으면 다른 식구들의 마음이 불편해질 것이 뻔하기에 늘 웃음을 잃지 않으려고 했고, 집안에 행사가 있으면 모이는 식구들을 편하게 해주려고 노력했다.

이런 노력 덕분에 명절 때가 되면 희경씨의 집은 웃음소리가 끊이지 않아 항상 시끌시끌하다. 이제 희경씨 집에서는 명절이나 제사로 인한 갈등은 없다. 오히려 서로 도와주려고 애를 쓰다 보니 작은 실랑이가 있을 정도이다. 그리고 희경씨도 명절날 가끔은 친정에 가기도 한다. 손아래 동서들이 돌아가면서 시댁에 남아 명절 뒤처리를 다 하기로 하고 희경씨를 친정에 보내려고 억지로 떠밀기 때문이다.

희경씨는 명절 때만 되면 많은 주부들이 힘들어하는 세태에 대해 이렇게 말한다.

"명절에 음식 준비가 만만치 않은데, 일하기 좋아하는 사람은 별로 없다. 하지만 귀찮다고 생각하면 할수록 더 짜증스럽기만 하다. 그냥 내가 먼저 베풀어야겠다는 마음으로 임하면 비록 몸은 힘들지 몰라도 마음은 부자가 되는 걸 요즘 젊은 주부들은 너무 모른다. 이왕 지내는 명절이나 제사에 마음들을 넉넉하게 가졌으면 좋겠다. 너무 자기들 이익만 챙기려고 하니까 명절이 지겹게 느껴지는 것이다. 서로 조금만 양보하고 이해하는 따뜻한 마음을 나누다 보면 아름다운 명절이 될 수 있을 텐데…."

어느 맏며느리의 승리

저의 시댁은 조그마한 시골입니다. 결혼 전, 시댁에 처음으로 인사를 드리러 갔을 때는 아름다운 시골 풍경에 넋을 잃을 정도로 정겨워했는데, 막상 결혼해서는 시댁에 가는 것이 갈수록 두렵기만 합니다. 갈 때마다 쌓인 일거리는 도시에서 자란 저를 질리게 만듭니다.

내내 도시에서 자라 올해로 결혼 13년차가 되는 소연씨는 시골에 있는 시댁에 갈 때마다 적응을 하느라 우여곡절이 많았다.

여기에다 소연씨는 자신의 시댁 식구들이 일가 친척들에 대해서 엄청난 증오를 품고 있는 점에 적지않게 놀랐다. 시댁이 집성촌을 이루고 있는 작은 시골 동네라 울타리 너머 큰집, 그 너머 사촌, 하는 식으로 다들 혈연으로 맺어져 있었다. 다른 집에 숟가락이 몇 개인지도 다 알고 지내는 터이지만, 그만큼 남에 대해 말도 많고

탈도 많은 동네였던 것이다.

명절이나 집안에 행사가 있어 모이는 날이면 소연씨의 시댁은 으레 무거운 침묵과 한숨으로 가득 차곤 했다. 시어머니는 오랜만에 만나는 자식들을 붙들고 자신이 사람들과 부대끼며 당하는 어려움을 하소연했다. 그 하소연에는 살아온 날들의 서러움과 억울함도 있었고, 당장 동네에서 벌어지고 있는 오해와 반목도 있었다.

하루하루 끼니를 잇기 어려울 만큼 가세는 기울었으되 그 호기는 서슬 퍼렇게 살아 있던 양반댁 며느리로서의 매운 시집살이, 특히 윗동서 시집살이를 호되게 한 시어머니는 풀어도 풀어도 다 풀리지 않는 가슴의 응어리를 주체하지 못했고, 지금도 계속되고 있는 일가 친척들과의 관계에서 끊임없이 상처를 받고 있었다. 이미 어려서부터 어머니의 넋두리를 귀에 못이 박이도록 듣고 두 눈으로 직접 확인해 온 아들 삼형제는 답답하고 울적해진 마음을 증오의 말과 함께 술에 섞어버리곤 했다.

소연씨의 시어머니와 남편, 시동생들, 그리고 손아래 동서조차 가늠할 수 없는 원망과 증오에 휘감겨 있었다. 소연씨가 결혼하던 해, 명절날 차례 준비하러 큰댁에 가자는 소연씨에게 동서는

"전 큰어머니가 싫어요. 그 집 식구들도 다 싫은데 뭘 억지로 가서 일을 해줘요?"

하는 것이었다. 소연씨보다 먼저 결혼했고 시댁 가까이 살아서 집안 사정을 훤히 알고 있던 동서가 그런 말을 했을 때 소연씨는 무척 당황했다. 옆에서 듣고 있던 시어머니는 얼굴이 다 벌개졌다.

소연씨는 처음에는 그저 시어머니의 길고 긴 넋두리와 한숨들을 받아드리는 수밖에 없었다. 서릿발 같은 시집 기세에 눌려 숨 한번 제대로 쉬지 못하고 살아온 시어머니의 젊은 날을 동정했다. 이야기를 들을 때마다 안타깝고 가슴 아파서, 풀어놓는 하소연이라도 잘 들어드리자고 생각했다. 그러나 그것은 괴로운 일이었다. 소연씨도 시간이 지날수록 숨이 막히는 느낌이었다.

명절 전날 늦도록 술을 마신 남편과 시동생들은 다음날 아침 차례를 지내러 큰댁에 갈 시간이 되도록 일부러 자리에서 일어나지 않거나 피했다. 그런 아들들을 깨우면서 시어머니는 그러지 말라며 발을 동동 구르고 애걸복걸했다. 그리고 큰댁에 가서는 자식들 욕 될까 싶어 이 사람 저 사람에게 변명을 늘어 놓았다.

소연씨는 그런 분위기에 점점 지쳐갔다. 도대체 어디서부터 어떻게 풀어야 할지 몰랐다. 그냥 지켜보고 있자니 상황은 악화될 뿐이었다. 시댁에 다녀온 뒤엔 며칠씩 홧병을 앓듯 가슴앓이를 했고 시댁도 시어머니도 싫었다. 소연씨는 끊임없이 미워해도 분이 풀리지 않는 상대가 있다는 것이 얼마나 사람의 마음을 황폐하게 만드는 가를 느꼈다. 어쨌든 이렇게 지낼 수는 없다는 생각에 소연씨는 자신이 할 수 있는 일을 찾기로 했다.

우선 명절에 큰댁에 가거나 집안 어른들이 모이는 자리에서는 상대가 반기든 안 반기든 상관없이 웃는 얼굴로 인사부터 했다. 그리고 할 수 있든 없든 일거리가 눈에 띄면 무조건 달려들었고, 일부러 시어머니를 큰어머니 옆에 앉아 쉬시게 했다.

어차피 손 놓고 있을 위치도 아닌 바에야 잘해보자는 생각으로 큰집 형님들의 비위를 맞추고 갖은 심부름을 다 하며 열심히 거들었다. 작은집 맏며느리로서 어머니 대신 한다고 하니 명분도 좋았고, 그런 며느리를 보고 어머니도 어깨를 으쓱했다. 이렇게 시어머니 대신 둘째, 막내 동서와 함께 세 며느리가 큰댁에서 일꾼 노릇을 했다.

그렇게 집안 일에 익숙해진 소연씨는 남편을 설득했다.

"형인 당신이 솔선수범해야 집안 분위기를 살릴 수 있어요. 제발 일찍 일어나서 동생들 깨우고 늦지 않게 큰집에 올라가세요."

하고 명절 전부터 당부하고 당부했다.

명절 아침에는 소연씨가 시어머니보다 먼저 식구들을 깨우고 호들갑을 떨었다. 아이들도 일찍부터 옷을 입혀 부산스럽게 만들고, 멋쩍지만 시동생들 방문을 두드리며 빨리 나오라고 소리도 쳤다.

집안의 화합을 위해 애를 쓰는 소연씨를 보면서 남편도 마음을 바꾸어 도와주기 시작했고, 마침내 본격적으로 큰집과의 화해에 나섰다.

시댁에 갈 때는 큰댁에 술과 고기 등을 넉넉히 보내드렸다. 시어머니의 하소연이 길어지기라도 한 날이면 오히려 어머니 몰래 큰어머니께 용돈을 쥐어드렸고, 집안일이라면 내 집 큰집을 가리지 않고 팔을 걷고 나섰다.

그런 중에 점점 주변에서 좋은 말들이 들려오기 시작했다. 시어머니는 자신을 대하는 태도가 조금씩 달라지는 것을 느꼈고, 며느리들을 앞세운 당당한 시어머니로서 부러움을 받았다.

그러면서 스스로 눈물도 하소연도 많이 줄였다. 시어머니뿐 아니라 형제들 분위기도 달라져서 더 이상 즐거운 가족 모임에서 푸념을 쏟아내는 일이 없어졌다. 정말 고맙고 기쁜 일이었다.

모든 갈등들이 다 끝난 것은 아니지만, 어차피 시어머니 세대에서 풀어야 할 것도 있었다. 30여 년이 넘은 깊은 골을 짧은 시간에 메우기는 어려운 일이었다. 소연씨는 다만 지금의 화합된 분위기만도 너무나 고마웠다. 만약 어떻게 해봐야겠다는 생각도 없이 건성으로 며느리 노릇을 하고 있었다면 소연씨 또한 엄동설한의 찬바람 같은 미움에 같이 갇혀 있었을 것이다.

다행히 소연씨가 선택한 방법은 시댁 분위기를 부드럽게 하는데 적절했고 그 가운데 귀한 것을 얻을 수 있어서 감사했다. 소연씨의 승리였던 것이다.

소연씨는 시어머니와 남편, 그 밖의 가족들이 모두 그녀의 진정한 뜻을 알고 도와준 것이 고마웠다. 어찌 보면 그렇게 되는 것이 순리였다는 생각이 들었다. 고통스러운 마음을 버리고 화해를 얻는 것, 나를 낮추고 상대를 섬기면 내가 저절로 높아지는 것은 당연하지 않은가.

소연씨가 지난 명절에 설거지를 하다가 둘째 동서에게 물었다.

"처음에 큰집 가자고 했을 때 억지로 가느라고 싫었지?"

"네. 하지만 형님 말씀에 왠지 싫다고 할 수 없는 힘이 있었어요."

동서는 그렇게 말하면서 이제 큰집 가는 게 싫지 않다고 했다. 그 바람에 두 사람은 한바탕 크게 웃었다. 소연씨는 며칠 동안 그 '힘' 이라는 말에 대해 생각해보았다. 그리고 그것이 아마도 우리들 모두가 믿고 있는 순리의 힘이었을 것이라는 생각을 했다. 아울러 그 순리를 따르는 일이 그토록 편안한 것임을 새삼 느꼈다.

형님, 오셨어요!

시댁 식구들이 가까운 곳에 살다 보니 예고도 없이 찾아올 때가 있는데 솔직히 반갑지가 않습니다. 장을 미리 봐두지 않은 날 식사라도 하고 가게 되면 정말 죽을 맛입니다. 가뜩이나 없는 음식솜씨에 머리만 아파집니다. 그렇다고 오지 말라고 할 수도 없고, 마음만 괴롭습니다.

음식 만들기를 즐기는 사람은 자기가 열심히 해놓은 요리를 많은 사람들이 먹고 즐거워하는 모습에 행복해한다. 하지만 음식 만드는 데 자신이 없는 사람은 집에 누가 온다고 하면 머리부터 아파진다. 시장을 볼 일부터 시작해서 어떻게 대접할 것인가 등등의 걱정을 하다 보면 손님이 오기 며칠 전부터 전전긍긍하기 마련이다. 더구나 그 손님이 시댁 식구들이라면? 게다가 예고 없는 방문이라면?

올해로 결혼 9년차에 접어드는 혜정씨도 몇 년 전까지 그랬다. 음식에 자신이 없던 혜정씨는 집에 손님이라도 오는 날이면 며칠 전부터 끙끙거려야 했다. 하지만 이제는 집에 누가 오든 걱정을 하지 않는다. 그렇다고 그동안 음식 솜씨가 월등히 나아진 것은 아니고, 다만 마음자세를 바꾸었을 뿐이다.

시댁 식구들 중에서 비교적 가까운 시누이가 어느날 저녁에 잠깐 방문을 했을 때 혜정씨는 그동안 몰랐던 자신의 마음을 보게 되면서 깊은 반성을 하게 되었다.

혜정씨보다 다섯 살이 많은 시누이는 늘 다정다감하고 남을 배려하는 사람이었다. 때로는 시어머니한테 받는 스트레스도 남편보다는 시누이를 통해 풀릴 때가 있을 정도라고 친구들에게 자랑할 정도였다.

그런 시누이가 저녁 시간이 다 되어 혜정씨의 집 근처에 볼일이 있어 왔다가 돌아가는 길에 조카녀석들 얼굴이나 보겠다고 들른 적이 있었다.

시누이의 전화를 받고 나서부터 혜정씨는 좌불안석이 되었다. 그날 따라 남편이 야근이라 저녁 준비를 안 하고 조금 남아 있는 찬밥으로 아이들과 대충 저녁을 때우려고 했는데 갑작스러운 방문 소식에 마음이 급하고 불편해지기 시작한 것이다. 속으로 '어유, 하필이면 저녁 때 올게 뭐야. 연락도 없이.' 하면서 밥을 새로 할 것인가 아니면 중국음식점에서 요리를 주문할까 등등 위기를 빠져나갈 온갖 궁리를 다했다. 난감하고 짜증스러워서 입이 반쯤 나올

지경이 되었다. 그래도 잠시 후에 시누이가 도착했을 때 혜정씨는 겉으로는 웃으면서

"아유, 형님! 오셨어요. 여기 앉으세요."

하면서 자리를 권했다.

속으로는 '이 사람이 언제 가나, 빨리 가지 않겠지' 하는 생각을 하면서도 저녁을 들고 가시라고 마음에도 없는 소리를 했다. 하지만 시누이는 식구들 저녁을 챙겨줘야 한다면서 아이들을 한번씩 안아주고는 이내 돌아갔고, 혜정씨는 안도의 한숨을 내쉬었다.

그런데, 뜻밖에도 잠시 후에 피자가 배달되었다. 형님이 집으로 들어오는 길에 미리 주문을 해두었던 것이다. 볼일을 보고 나서 문득 생각난 귀여운 조카들이 눈앞에 어른거려 동생네 집까지 오기는 했지만 행여 올케가 불편해할까봐 피자가 배달되기도 전에 서둘러 발길을 돌린 것이다.

그런 시누이가 빨리 가기만을 바랐으니, 혜정씨로서는 정말 미안하고 면목이 없었다. 찬밥이나 볶아 먹을 뻔했던 그날 저녁식사는 맛있는 피자 한 판으로 화려해졌지만, 혜정씨는 시누이의 뒷모습이 자꾸 눈에 밟혀 피자 맛도 모를 지경이었다.

모처럼 집에 온 시누이에게 차라리 솔직하게 찬밥밖에 없다고 하고 중국음식을 시켜 먹거나 아니면 그냥 집에 있는 그대로 성의껏 저녁식사를 차려서 먹는다는 마음이었으면 괜찮았을 텐데 뭔가 잘 보여야 한다는, 나를 내세우고 싶은 욕심이 강했기에 그런 스트레스를 받고 있었던 것이다.

찾아오는 손님을 진심으로 반가워하고 대접하면 상대도 식탁의 반찬이 시원찮아도 고맙게 생각하지 않을까. 열심히 차려서 반찬이 몇 가지가 더 된다고 해도 식사를 준비하는 사람이 속으로는 '저 사람이 언제 가나' 하는 생각을 하고 있다면 상대방도 그런 마음을 느낄 수 있을 것이다. 아무리 표정관리를 잘하고 말을 번듯하게 해도 결국은 알아차리게 되어 있는 법이다. 마지 못해 받는 대접에 상대의 기분이 나빠질 것은 불을 보듯 뻔한 일이다.

혜정씨는 이날의 일을 계기로 자존심을 세우느라 사람들을 진심으로 대하지 못하고 겉으로만 잘하는 척하는 게 얼마나 어리석은 일인지를 깨닫게 되었다.

얄미운 시누이와의 화해

학원강사를 하면서 연년생인 남매는 시어머니가 키워주십니다. 육아와 살림을 거의 대부분 시어머니가 도맡아 하다 보니 시누이들이 저를 못마땅해 합니다. 시어머니가 허락을 한 일인데도 시누이들이 자꾸 그러니까 저도 시누이들이 점점 얄미워집니다.

시댁 식구들 중에 가장 얄미운 사람을 꼽아보라고 한다면 과연 누굴 뽑을까? 시어머니? 시누이? 아니면 시동생? 아마도 대다수의 며느리들은 시누이를 꼽을 것이다.

내가 아는 어떤 주부는 형제 많은 집 장남과 결혼했는데 결혼 전 친정어머니가 시댁에 시누이가 넷이나 된다고 결혼을 무조건 반대하시던 이유를 이제는 알겠다며 시누이들의 극성에 혀를 내두르고 있다. 무슨 일만 생기면 자기들끼리 똘똘 뭉쳐 시어머니를 움직여서 자신과 동서를 곤경에 빠지게 만든다고 푸념을 늘어 놓기도 했다.

학원강사인 영주씨는 시부모님를 모시고 있다. 연년생인 남매를 키우는 일과 집안살림을 거의 대부분 시어머니가 도맡아 하고 있다. 학원강사라는 직업이 오전에는 시간이 좀 있기 때문에 가끔씩 집안일을 챙기고 아이들을 돌볼 수도 있지만 밤에 늦게 들어 오니 피곤해서 그것도 여의치 않은 형편이었다.

영주씨가 처음부터 시누이들과 갈등이 있었던 것은 아니었다. 동갑인 큰시누이는 남편과 데이트를 하던 시절에 가끔씩 같이 만나기도 했고, 두 살 차이가 나는 막내시누이는 동생이 없던 영주씨에게는 친동생과도 같은 존재였다.

영주씨는 결혼 전까지만 해도 시누이, 올케간의 갈등이 있다는 말을 들어도 실감을 하지 못했었다. 오히려 왜 친자매처럼 지내지 못할까 하는 생각을 했다.

그러나 큰아이를 낳고부터 조금씩 삐걱거리기 시작한 시누이들과의 관계가 둘째를 낳은 뒤로 더 나빠졌다. 그동안 시누이들도 차례대로 결혼을 해 가정을 꾸리고 있었는데, 가끔씩 친정에 들려보면 친정어머니가 모든 살림과 육아를 맡으면서 하루종일 분주하고 피곤해하는 모습에 큰 불만을 갖고 있었던 것이다.

영주씨 나름으로는 가끔씩 시어머니를 쉬게 해드리려고 도우미 아줌마를 부르는 등 신경을 썼음에도 불구하고 시누이들은 오직 나이 드신 친정어머니가 희생하는 것만 안타까워했다.

큰시누이는 자기 아이를 놀이방에 맡기고 직장생활을 했다. 가끔 퇴근하면 그 시누이가 와 있곤 했는데, 영주씨가 신발을 벗자마자

"언니, 빨리 애나 받아 업어요."

하며 못마땅하게 쏘아붙이는 식이었다.

그런 말을 들으면 영주씨는 뒤통수가 화끈거리고 서러운 마음에 눈시울이 시근거렸다. 하지만 그것도 잠시, 빨리 옷을 갈아 입고 애를 받아 들어야 했다.

"엄마, 요즘에는 애들을 다 놀이방에서 키워주는데 뭐 하러 힘들게 고생하세요? 나도 다 맡기고 직장생활 하는데…."

어머니가 사서 고생을 하신다고, 큰시누이는 친정에 들를 때마다 한마디씩 했다. 그러면서 때로는 영주씨가 듣고 있는 것도 아랑곳하지 않고 시어머니 고생은 생각도 않는다며 올케를 헐뜯곤 했다.

그럴 때면 결혼 전 친구 같던 시누이의 모습은 조금도 찾아볼 수가 없었다. 흔히 듣던 '얄미운 시누이' 모습 그대로였다. 영주씨도 시어머니가 너무 힘들어하는 것 같아 몇 번이나 일을 그만두려고 했지만 그때마다 시어머니는

"난 괜찮다. 아직은 건강하고, 그리고 너도 일을 할 수 있을 때 해라. 여자가 배운 걸 다 못 써먹는 것도 사회적으로 큰 손실이다."

하며 죄송스러워 하는 며느리를 격려해 주었고, 오히려 친정에 와서 그런 식으로 볼멘소리를 하는 시누이들을 나무랐다.

시어머니의 이런 노력에도 불구하고 영주씨의 마음속에서는 시

누이들을 향한 미움이 서서히 싹트고 있었다. 시부모와 남편을 생각해서 예의는 지키고 있었으나, 시누이들이 집에 오면 대번 싫은 마음부터 들었다.

그 무렵 시누이들과 사이를 더 멀어지게 하는 사건이 일어났다. 둘째가 막 돌을 넘겼을 때 시어머니 생신이 다가오자 큰시누이가 모처럼 전화를 했다.

"언니, 이번 엄마 생신 때 어떻게 하실 거예요?"

"글쎄요, 아가씨는 어떻게 했으면 좋겠어요? 날씨도 더운데 우리 어디 시원한 곳에 놀러 가서 보낼까요. 어떠세요?"

"좋을 대로 하세요. 막내는 어떡했으면 좋은가 물어봐야겠네요."

그런데 며칠 후 영주씨는 퇴근하자마자 시어머니께 심한 꾸중을 들었다.

"어멈아, 나 좀 보자. 내가 언제 생일상 먹겠다고 했냐? 너 바쁜 것 다 아니까 생일상 차릴 필요 없다. 난 네가 적어도 그럴 줄 몰랐다. 원, 세상에…."

"무슨 말씀이세요?"

"낮에 작은애가 전화로 그러더라. 네가 내 생일상 차리기 싫다고, 어디로 놀러 가자고 했다며? 내가 언제 놀러 가고 싶다고를 했냐. 생일상 차려 달라고를 했냐?"

영주씨는 그제야 상황을 이해했다. 자신이 무심코 꺼낸 말을 시누이들이 자기들끼리 멋대로 해석해서 시어머니께 이른 것이었다.

"아유, 그게 아니구요. 어머니! 날씨도 덥고 어머니도 애들하고 실랑이하시느라 지치셨을 테고 해서 겸사겸사 어디 가서 쉬었다 오자고 한 말이었어요."

"필요 없다. 다 필요 없어."

이미 엎질러진 물이어서, 영주씨는 결국 시어머니께 눈 밖에 난 며느리가 되고 말았다. 영주씨는 도저히 시누이들을 용서할 수 없을 것 같았다. 날씨가 더우니까 생신을 핑계 삼아 시어머니도 푹 쉬실 겸 며칠 근사하게 바람을 쐬고 오는 것도 좋겠다 싶어서 제안한 자신의 마음과는 달리 자기들끼리 속닥거리며 전혀 엉뚱한 방향으로 멋대로 생각해대는 시누이들이 얄밉게만 느껴졌다.

이 일로 시누이들과의 관계는 물론이고 시어머니와의 관계까지 소원해지면서 그동안 조금씩 쌓여왔던 미움도 한꺼번에 터져 나왔다. 급기야는 이대로는 못살겠다는 생각이 들면서, 정 힘들면 이혼이라도 해야지 하는 생각에 며칠 동안 밤잠을 못 자고 고민했다.

몇 날 며칠을 고민하던 영주씨는 문득 결혼 전 시누이들과 다정하게 수다도 떨고 쇼핑도 하던 모습이 떠오르면서, 지금 이렇게 변한 것이 시누이들 탓만 있을까 하는 생각이 들었다. 전에는 한번도 그런 생각을 해 보지 않았다. 무조건 시누이들이 변해서 자신을 걸고 넘어진다는 생각만 했었다. 영주씨는 자신을 돌아보면서 과연 스스로가 완벽한 며느리, 올케였는지를 객관적으로 보려고 무진 애를 썼다.

그렇게 며칠을 애쓰면서 영주씨는 엄청난 사실을 발견했다. 시어머니가 살림과 육아를 도맡아 주시는 것에 대해 진심으로 감사하는 마음을 갖지 않았다는 걸 깨달은 것이다. 심지어 아이가 아파서 시어머니가 힘들어할 때에도 아이를 믿고 맡길 수 있다는 상황만 생각하고 안 가도 될 회식자리까지 참석한 적도 있었다.

자신은 그렇게 행동하면서 어쩌다 작은 시누이가 볼일이 있어 어머니에게 애를 맡기면 내색은 못 해도 속으로 '피곤해 죽겠는데 오늘은 더 피곤하겠구나. 전업주부가 왜 애를 맡긴담' 하면서 투덜거렸던 자신의 모습이 생각났다.

결국 그런 마음들이 시누이에게 전달되지 않을 수가 없었을 것이다. 아무리 겉으로 포장해도 속마음은 드러나기 마련 아닌가?

그렇게 자신에게도 수없이 많은 부족함이 있다고 생각하자 신기하게도 시댁 식구들을 향한 미움이 봄눈 녹듯이 녹아내리면서 오히려 미안한 마음이 일었다. 영주씨는 먼저 자신의 부족함을 고쳐야겠다고 다짐을 했다.

이후, 용기를 내서 시누이들에게 전화를 해서 사과를 하고 시어머님께도 용서를 구하면서 어머님 마음을 헤아리려고 애를 썼고 가끔씩 집에 들르는 시누이들에게도 밝게 대하려고 노력했다.

선물을 하나 하더라도 예전에는 마지못해 사서는 생색내기에 바빴는데, 생각을 고쳐먹고 '내 화장품 하나 덜 사면 되지' 하는 마음으로 최대한 좋은 것을 해주려 했고, 작은 것을 사더라도 진실한 마음을 담으려고 애를 썼다. 식사라도 같이 하게 되면 하다못해 된장찌개라도 새로 끓여 즐겁게 식사를 하려고 했다. 그런 식으로 마음을 주고받으려고 노력하기 시작하자 시누이들도 변하기 시작했다.

물론 영주씨가 마음을 바꾸자마자 그렇게 된 것은 아니었다. 시누이들로서도 오랫동안 영주씨에게 불만이 쌓여왔기 때문에, 영주씨가 태도를 바꾸었다고 단번에 풀리지는 않았다.

그러나 그렇다고 그녀가 섭섭해하기 시작하면 과거의 일들이 또 반복될 것이 뻔하므로 영주씨는 인내심을 가지고 일관된 마음으로 대하려고 노력했다. 종종 마음이 흔들릴 때도 있었지만 괴롭고 힘들게 사는 것보다는 조금 더 참는 것이 낫겠다고 생각했다.

영주씨의 이런 노력 덕분에 지금은 시누이들과 진심으로 마음을 나누는 사이가 되어, 결혼 전처럼 격의 없는 친구 같은 사이는 아니지만 좀더 서로의 입장을 깊이 이해하게 되었다.

여우같은 며느리, 소 같은 며느리

맞벌이를 하는 큰동서 때문에 모든 집안 행사의 궂은 일은 거의 제 몫입니다. 큰동서는 시댁에 와도 일을 잘 하지 않으려고 이리저리 요령을 피웁니다. 차라리 외며느리였으면 힘든 만큼 보람이라도 있었을 텐데 하는 생각도 들고, 점점 큰동서가 눈엣가시처럼 느껴집니다.

결혼한 여성들이 시댁 식구들과 갈등을 빚을 때 빠지지 않는 대상이 동서들이다. 같은 며느리 입장이기에 도움이 많이 될 듯하지만 오히려 가장 갈등의 골이 깊은 경우가 될 수도 있다.

특히나 명절이나 집안의 대소사에 저마다 일을 피하려고 갈등을 빚는 경우가 많다. 서로 조금씩 양보하고 일을 나누어 하면 좋겠지만 어느 한 사람이 꾀를 부리면 나머지 일은 결국 누군가가 해야 하기에 짜증이 들고 갈등이 생겨난다.

진영씨는 시댁 가까이에 사는 둘째며느리이다. 결혼 후 몇 년 동안은 큰동서가 있는데도 불구하고 모든 일을 자신이 해야 하는 사실 때문에 화가 났다. 직장생활을 하고 있는 큰동서는 상당히 자기중심적인 사람이라 자신에게 손해가 된다 싶은 일은 전혀 하지 않고 뭐든지 돈으로 대신하려고만 들었다.

가령 명절 때에도 갖은 핑계를 대고 늦게 와서 일찍 가기에만 바빴고 궂은 일은 하기 싫어했다. 큰동서는 올 때마다 시부모에게 용돈을 듬뿍 드렸기 때문에 시어머니나 다른 식구들은 그런 동서에게 뭐라고 하질 못하고 오히려 좋아했다.

그렇게 이리저리 요령을 피우는 동서를 보면서 진영씨는 미련하게 일이나 떠맡고 있는 자신이 한심하게 느껴진 적이 한두 번이 아니어서 그런 상황을 벗어나 보려고 많은 애를 썼다.

남편을 붙들고 직장을 옮겨서 먼 도시로 이사를 가자고 조르기도 했고, 밖에 나가 일을 하면 그런 상황을 벗어날 수 있을까 싶어 여기저기 직장을 알아보기도 했다. 하지만 결혼한 유부녀를 넉넉하게 받아줄 만한 직장이 흔치 않아 포기를 하고 말았다.

'남들은 동서지간에 사이도 좋아 서로 협력하면서 잘 지낸다고 하던데 난 이게 뭐지. 어쩌다 저런 인간과 내가 한 집안의 며느리가 되었을까. 도대체가 돈 잘 쓰는 동서를 만나서 기를 펼 수가 없네. 내 인생이 어떻게 여기까지 왔을까?'

큰동서를 볼 때마다 그런 자조적인 생각들이 진영씨를 괴롭혔고 시댁의 모든 식구들이 모두 다 큰동서만을 좋아하는 것 같아서 서

글프고 외로웠다. 거기다 그런 진영씨의 마음은 아랑곳하지 않고 눈치 없이 자신의 형수를 능력 있는 커리어 우먼이라고 치켜세우는 남편은 꼴도 보기 싫었다.

복이 지지리도 없다고 팔자타령을 하기도 했고 심지어는 남편을 만난 것을 후회해보기도 했지만 시간이 흐를수록 그런 생각들은 자신의 마음을 멍들게 한다는 걸 알았다.

진영씨는 그럴 바에는 어차피 이게 내 몫인가 보다 하고 현실을 있는 그대로 받아들이면서 최선을 다하기로 마음 먹었다.

그런 동서를 만난 것도 자신의 덕이 부족해서인가 보다 하면서 처음에는 덕이나 열심히 쌓자는 생각으로 자신을 달래기도 했고, 이왕 할 거라면 잘 해서 다른 사람들 마음이라도 편하게 해 주어야겠다는 생각을 했다.

자신이 일을 좀더 하는 상황이 와도 불만을 터뜨리지 않고 묵묵히 해내고 여러 사람이 편하면 그만이지 하는 생각으로 하다 보니 언제부터인가 진영씨의 마음은 더할 나위 없이 편해졌다. 게다가 이제는 모든 식구들이 진영씨를 더 챙겨주고 좋아하게 되어 어느덧 시댁에서 없어서는 안 될 존재가 되었다.

진영씨는 동서가 아무리 얄밉게 굴어도 자신이 먼저 솔선수범하면 언젠가는 상대도 따르게 될 것이고, 설사 상대가 변하지 않는다고 해도 그건 상대의 몫이지 거기에 자기 자신이 매여서 따져봐야 자신만 상처를 입는다는 걸 알았다.

진영씨는 여우같이 구는 며느리가 되기 보다 소같이 묵묵히 자기 일에 최선을 다하는 것이 진정으로 자신을 위하는 길이라 믿었다.

껄끄러운 동서

시댁에 최선을 다하려는 저를 윗동서는 탐탁치 않게 생각합니다. 그리고 틈만 나면 저를 붙들고 시댁 식구들 흉을 보는데, 그럴 때마다 제가 맞장구를 쳐주기를 원합니다. 평소에 말이 별로 없는 저로서는 그런 형님을 만나는 것이 이제는 부담스럽다 못해 껄끄럽게 느껴집니다.

희연씨는 막내며느리이다. 위로 동서가 둘 있는데, 둘째동서는 미국에서 아주버님과 유학중이라 별로 부딪칠 일이 없지만 큰동서는 뭐라고 딱 꼬집어서 말을 할 수는 없어도 껄끄럽게 느껴지는 존재이다.

시댁에 명절이나 제사 같은 행사가 있을 때 희연씨는 항상 최선을 다하려고 노력했다. 주변에서도 심성이 착하다고 칭찬을 받는 희연씨는 시부모 덕분에 좋은 남편을 만날 수 있었다는 생각을 했다.

더구나 시부모가 어려운 형편 속에서도 자식들을 힘들게 대학까지 마치게 해주셨다는 말씀을 듣고는 진심으로 잘 해드리려는 마음이 우러나왔다. 자신이 쓰는 건 아끼더라도 시부모님께 모자람없이 해드리고 싶었고, 몸이 힘들어도 자신이 할 수 있는 한 다 해드리려고 했다.

당연히 시부모도 희연씨를 기특하게 여겼고 다른 시댁 식구들도 희연씨를 좋아했다. 그런데 유독 큰동서만은 희연씨를 탐탁치 않아했다. 심지어 다른 며느리들보다 자기가 시댁에 더 가까운 곳에 살기 때문에 평소에 시부모님 일을 더 거들어 드리는 것이 희연씨는 당연하다고 여겼는데, 큰동서는 그것도 이해를 못했다.

시간이 갈수록 동서와 뭔가 자꾸 꼬이는 듯한 느낌을 받았지만 희연씨로서는 뚜렷한 이유를 알 수가 없었다. 더러 대화를 나누려고 시도도 해보았지만 동서는 슬슬 피하기만 하고 화제를 다른 데로 돌리곤 했다. 그리고 오히려 희연씨의 눈치를 살피면서 간간이 시어머니나 다른 시댁 식구들 흉을 보았다. 마치 희연씨가 자신의 말에 맞장구를 쳐주기라도 했으면 하는 것 같았다.

희연씨는 날이 갈수록 큰동서와 보이지 않는 담을 쌓아가고 있었다. 천성이 착한 희연씨는 누군가와 척이 지는 것을 싫어해서 웬만하면 좋은 게 좋은 거라고 생각하면서 넘어가는 편인데 유독 큰동서만큼은 쉽지가 않았다.

같은 며느리이니까 서로 협력하면서 지내면 좋을 듯한데 큰 동서에게서는 좀처럼 틈이 보이지 않아서 희연씨는 시댁에 갈 때마다 동서를 만나는 것이 어려워지기 시작했다.

그러던 어느 날, 명절을 며칠 앞두고 희연씨는 열심히 메모를 해가면서 시댁 식구들에게 줄 선물 품목을 적고 음식은 뭘 해갈까 하는 고민을 하고 있었다. 그런 희연씨의 모습을 보면서 남편이 한마디 했다.

"당신이 나한테 시집와서 우리 식구들한테 잘 해주어서 고마워. 하지만 때로는 형수님 생각도 좀 해드려야 될 것 같아. 예전에 형수님도 처음엔 잘 하려고 하셨는데 어머니랑 마음이 맞지 않아서 마음고생을 많이 하셨어. 그리고 뭐든지 자기가 할 수 있는 만큼만 하려고 해야 돼. 자기 능력보다 무리하게 하려는 것도 다 욕심이야."

희연씨는 남편의 말에 뒤통수를 한 대 얻어맞은 듯했다. 자기 정도라면 나름대로 욕심부리지 않고 착하고 바르게 사는 줄 알았는데, 그것은 혼자만의 착각이었다. 자신의 행동으로 인해 다른 사람이 피해를 볼 수도 있다는 생각은 꿈에도 해보지 못했던 것이다.

희연씨는 그날 자신의 보이지 않는 마음속 깊은 곳에 '좋은 며느리, 어진 아내'라는 감투를 쓰고 싶은 욕심이 숨겨져 있었다는 것을 알았다. 그러다 보니 당연히 그동안 큰 동서에 대한 배려는 없이 자신의 감정에만 충실했다는 걸 느끼게 되었다.

그제서야 큰 동서를 조금은 이해할 수 있었다. 결혼 초 고부간의 갈등을 겪었던 동서로서는 당연히 시댁 식구들이 그리 편하지는 않았을 것이고, 또 같은 며느리로서 자기 편이 되어줄 줄 믿은 동서가 자기보다 식구들과 잘 지내는 것이 결코 좋게만 보이지는 않았을 것이다.

명절이면 시댁에 오는 발걸음이 그다지 유쾌하지 않았을 큰동서가 보기에 맏며느리인 자기보다 더 일찍 와서 푸짐한 선물 보따리와 용돈을 내놓고 시어른들 비위를 맞추려 드는 희연씨가 곱게 보일 리가 없다. 겉으로 표현은 못해도 오히려 시부모보다 더 껄끄럽고 미웠을 것이다.

거기까지 생각이 미치자 큰동서에게 미안한 마음이 들었다. 희연씨가 시부모를 챙겨드릴 때마다 큰동서의 얼굴에 떠오르던 씁쓸한 미소의 의미를 그제서야 알게 된 것이다.

비록 나쁜 의도로 그런 것은 아니었지만 자신의 행동으로 인해 누군가가 피해를 입는다면 그것 또한 잘하는 것만은 아닐 것이다. 그 후 희연씨는 자신이 어떻게 해야 할지를 곰곰이 생각해 보았다.

우선은 시부모에게 드리던 용돈도 다른 이유를 대서 조금 줄였고, 뭐든지 큰동서와 기준을 맞추려고 노력했다. 무슨 일이 생기면 큰동서와 꼭 상의를 하고 부득이한 경우에는 사전에 미리 양해를 구했다.

그러다 보니 차츰 큰동서의 마음이 열리기 시작했다. 생전 먼저 전화를 하지 않던 동서가 먼저 전화해서 시어머니 생신을 어떻게 할까 하는 의논을 해 오기도 했고, 명절날 음식을 같이 만들면서 환하게 웃어주기도 했다. 희연씨는 동서를 대하기가 편해졌다고 생각될 때 이런 말을 했다.

"형님, 고마워요. 형님이 계셔서 제가 쉽게 시댁에 적응을 할 수 있었는데 그걸 잊어버리고 있었어요. 죄송해요."

희연씨의 시어머니는 경우가 바르고 좋은 분이었지만 큰동서는 처음 겪는 며느리인지라 서로가 적응을 하는 데 시간이 걸렸고 사소한 오해도 많았던 것이다. 하지만 둘째와 막내는 이미 그러한 것들은 뛰어넘고 만나니 큰며느리를 대하는 것과는 다를 수 밖에 없었던 것이다.

결국 큰동서가 희연씨보다 먼저 결혼해서 고부간의 갈등을 미리 겪다 보니 자연히 희연씨가 보다 순조로운 시집 생활을 할 수 있도록 방패막이가 되어준 것이다. 뒤늦게나마 그 사실을 깨닫게 된 희연씨는 동서에게 그렇게 진심으로 감사의 말을 전한 것이다.

보이지 않는 전쟁

집안에 행사가 있으면 항상 손아래 동서를 만나는 일 때문에 긴장이 됩니다. 직장생활을 하는 저는 거의 일이 끝날 때쯤에야 얼굴을 내미는 반면 동서는 일찍부터 와서 시어머님을 돕습니다. 그러기에 동서는 종종 불만을 털어놓습니다. 동서의 입장이 이해는 되지만 맏동서로서 마음이 불편한 것이 사실입니다.

정희씨는 아랫동서와 이런저런 이유로 편치 않게 지내고 있었다. 명절이나 제사 때가 되면 직장을 갖고 있는 자신보다 전업주부인 동서가 먼저 와서 일을 하고 있는 형편이라 동서는 정희씨를 보면 늘 탐탁치 않게 여겼다. 거기다 시어머니는 살림만 하는 작은며느리가 수고를 하는 게 당연하다며 정희씨를 두둔하는 편이라 동서는 더 화가 났다.

정희씨는 그런 동서의 입장이 충분히 이해가 갔다. 자기가 그런 경우를 당해도 화가 났을 법하기에 동서에게 항상 미안함을 갖고 있고 잘하려고 애를 썼다. 하지만 정희씨에게 돌아오는 것은 동서의 냉담한 반응뿐이었다. 그런 동서의 반응에 정희씨는 슬슬 지쳐가기 시작했고, 될 대로 되라는 심정으로 동서를 대하기 시작하면서 갈등이 깊어졌다.

정희씨가 전이라도 부치면 동서는 슬그머니 흘리는 말로

"이 전들 모양이 왜 이렇게 개성 있어요? 형님 살림 안 하는 티가 나네요. 허긴, 직장 다니는 사람은 돈만 잘 벌면 되지 뭐."

하고 정희씨 가슴에 대고 화살을 쏘았다. 그러면 정희씨도

"나도 동서처럼 편하게 살림만 하라고 하면 좋겠다. 맞벌이가 얼마나 힘든지 모르지?"

하고 맞받았다. 그러면 동서는 시어머니가 애들 다 키워주고 살림을 다 해주는 데 힘든 일이 뭐 있느냐는 식의 대꾸를 했다.

매번 동서가 걸고 넘어지는 문제가 바로 그거였다. 다른 맞벌이 부부들은 독립해서도 아이를 잘만 키우는데 정희씨 혼자만 편하게 살려고 하느냐는 거였다. 동서는 늘 그런 생각을 은연중에 표출하면서 정희씨를 괴롭혔고, 정희씨는 나름대로 동서의 말들을 차곡차곡 쌓았다가 기회가 오면 되쏘았다. 겉으로는 웃으면서 속에서 하고 싶은 말을 다하려니 수십 번씩 말을 곱씹게 되었다.

그런 식으로 서로가 말을 하고 나면 정말 화살을 수십 대 맞은 기분이 들면서 몇 달씩 잊혀지지가 않았다. 더욱이 '형님이 어머니를 너무 혹사하는 것 같다' 는 식의 말을 동서가 했다는 이야기를

집안 어른으로부터 들은 뒤로는 원망이 응어리처럼 맺혔다.

그렇지 않아도 늘 시어머니에게 아이를 맡기고 나가는 것이 죄스러웠는데, 그런 소리를 듣고 나니 차라리 퇴직을 하고 분가해버릴까 하는 오기까지 생겼다.

그러다가 예기치 않던 일이 생겼다. 그동안 틈틈이 취업 준비를 해온 동서가 시험준비의 마무리를 한다며 9개월 된 조카를 두 달 동안만 맡아달라고 한 것이다. 시어머니는 다 같은 자식인데 누구 아이는 키워주고 누구 아이는 몰라라 할 수 없다며 흔쾌히 허락을 했지만 정희씨는 기가 막혔다. 도대체 연로하신 분이 어떻게 4살, 9개월, 2개월 된 세 아이를 보신단 말인가?

결국 조카는 맡겨졌고, 정희씨가 퇴근해서 돌아와 보면 집안은 전쟁터 같았다. 아이들 빨래가 산더미처럼 쌓였고 우유 병이 열 개쯤 굴러다녔다. 꾀죄죄해 보이는 아이들은 전보다 더 칭얼대는 것 같았다. 그런 상황을 볼 때마다 정희씨는 짜증이 나고 지쳤다. 하루종일 쉬지도 못하는 시어머니는 쇠약해졌다. '저러다 노인네 쓰러지기라도 하시면 어쩌나.' 상황을 악화시킨 동서가 빨리 이 사태를 수습해야 한다는 생각뿐이었다.

신혼 초부터 시어머니를 모시고 산 자신을 틈만 나면 흉보던 동서가 이제 아이만 맡겨두고 주말에조차 오지 않는다는 게 괘씸했고, '자기도 이렇게 아이를 맡기게 될 걸 나를 헐뜯다니, 그 많은 말들을 어떻게 다 주워담을 것인지 지켜보겠다'는 억지가 생겼다. 시간이 흐를수록 마음은 돌덩이처럼 단단해졌다.

만일 이때 정희씨가 마음을 열고 동서를 따뜻하게 대해주었으면 서로 이해하고 존중하는 아름다운 사이가 되었겠지만, 당시 정희씨는 마음이 너무 좁았다.

결국 동서에 대해 풀리지 않는 감정들은 말로 터져나왔다. 남편에게, 시어머니에게 기회가 있을 때마다 지금의 상황이 얼마나 부당하며, 동서가 그동안 함부로 자기를 핀잔했던 것 때문에 얼마나 괴로웠는지를 떠벌렸다. 말을 하다 보면 생각은 그렇지 않았는데 과장되고 심한 표현들이 서슴없이 튀어나왔다. 통쾌하고 시원했다.

어쩌다 동서와 마주치는 날에는 역전된 상황을 은근히 즐기는 사람처럼, 예전에 받았던 화살들을 더 예리한 촉을 세워 쏘아 보냈다. 겉으로는 걱정해주는 척하면서, 제 3자는 눈치챌 수 없는, 그러나 듣는 당사자는 피를 흘리고 쓰러질 만큼 독한 말들로 되쏘았던 것이다. 그것은 욕하고 주먹질을 해대며 싸우는 것보다 더 오래, 더 깊이 남는 상처가 됐다. 물론 동서도 맞고만 있지는 않았다.

그러다가 일이 터지고 말았다. 시어머니 생신 때 식구들이 모두 모인 자리에서 정희씨 남편과 시동생, 즉 형제끼리 크게 다툰 것이다. 각자 아내에게서 그동안 전해 들은 말들로 오해가 쌓인 상황이었고 급기야 형제간에도 참을 수 없는 지경이 되어 폭발하고 만 것이다. 시어머니는 상심하여 앓아눕다시피 했고 집안 분위기는 엉망이 되었다.

모든 게 다 동서 탓이라는 생각을 하고 있던 정희씨는 상황이 그쯤 되자 정신이 번쩍 드는 듯한 느낌이었다. 도대체 자신이 그동안 뭘 어떻게 한 것인지 분간이 되지 않았다.

정희씨는 생각하고 또 생각하면서 원래 일의 시작을 따져 들어갔다. 이렇게까지 커질 일이었을까? 동서가 그렇게 나쁜 사람이었을까? 조카를 데리고 가면 어머니가 편해지고 내 마음도 편해질까? 동서만 사라진다면 못된 말들을 하지 않게 될까?

그럴 것 같지는 않았다. 인정하기 어려웠지만, 괴로움의 핵심은 시어머니가 고생하시는 것도 아니고 아이들 문제도 아니었다. 그런 건 도우미 아줌마를 부르거나 하면 어떻게든 해결할 수 있었다.

그러면서 정희씨는 그동안 지독하게 자기 입장에서만 생각하고 말해왔다는 걸 알게 되었다. 시어머니를 걱정하는 마음 뒤에는 그분의 모든 보살핌을 혼자 독차지하려는 계산이, 아이들이 추레해지는 것 같아 싫었던 감정 뒤에는 조카 때문에 손해본다는 계산이, 윗사람을 함부로 여기는 동서에 대한 미움 뒤에는 집안일을 제대로 못하는 데 대한 열등감 같은 것이 있었다. 인정하기 어려웠지만 사실이었다.

집안의 크고 작은 행사에 아직 어린 조카를 데리고 서울서 대전까지 와주는 것만 해도 고마운 일인데, 시어머니를 배려하는 마음에 조금이라도 일찍 와서 일을 하려는 동서의 마음을 보지 못했다.

잠시잠깐은 고마워했지만 진심으로 동서를 배려하는 마음은 없었다. 간간이 동서가 흘리는 불만 서린 말에 기분 나빠하고 혹시라도 자기와 동서가 비교될까봐 전전긍긍했던 자신의 모습을 본 것이다.

결국 두 사람은 누가 먼저라고 할 것도 없이 잘못된 마음으로 가슴에 못 박는 말의 화살을 쏘고 맞는 보이지 않는 전쟁을 몇 년간 계속한 것이었다. 처음에는 아픈 줄도 모르고 시작했지만 나중에는 크고 굵은 화살을 서로 쏘아대며 큰 상처를 남기게 된 것이다.

그 뒤로 정희씨는 되도록 동서가 하는 말들을 받아치지 않고 꾹 눌러 참았다. 몇 번을 그렇게 해보니 그것이 현명한 방법이라는 판단이 들었다. 그리고 먼저 화해의 손길을 내밀려면 대단한 용기가 필요할 것 같았는데, 우연한 기회에 동서와 단 둘이 있게 된 정희씨는 자기 속마음을 솔직히 털어놓고 화해를 시도했다. 도저히 무너질 것 같지 않던 마음의 벽이 허물어지는 순간이었다.

저도 행복할 수 있나요?

결혼한 뒤로 한 번도 행복한 순간이 없었습니다. 시댁 식구들과 사이가 좋지 않다 보니 남편과도 사이가 점점 멀어집니다. 남들은 결혼해서 다들 잘 사는 것 같은데 저는 왜 이렇게 힘든지 모르겠습니다. 행복하게 사는 비결이 있나요? 저도 행복해지고 싶습니다.

여성의 입장에서는 어찌 보면 남편 하나 보고 결혼하는 것이라 피도 안 섞인 시댁 식구들이 싫고 부담스러운 것이 당연할 수 있다. 더구나 결혼 초에는 시댁이 낯선데다 혼자만 다른 식구인 듯한 느낌이 들기도 한다. 하지만 남편과 시댁 식구들은 떼어낼래야 떼어낼 수 없는 존재이다. 시부모가 존재했기에 남편도 존재할 수 있는 것이 아닌가.

그렇다면 그러한 상황에서 가장 잘 사는 방법은 무엇일까? 무조건 시댁 식구들을 위해 충성하고 살 수도 없는 것이고, 자기 식구들만 챙기고 살 수는 더더욱 없을 것이다. 그리고 시댁 식구들에게 반감이 있는 아내를 좋아할 남편 또한 없다.

이처럼 결혼한 여성들에게 시댁 식구는 영원한 숙제가 되기 쉽지만 부담스럽고 귀찮을 정도로 여겨지는 시댁 식구들과 의외로 잘 지내는 여성들도 있다. 올해로 결혼한 지 13년이 되는 예진씨도 그 중의 한 명이다.

예진씨는 위로 시누이가 넷이나 되는 집안의 외며느리이다. 보통 시누이가 넷이면 말들이 많아서 힘들다고 하지만 이들은 사이가 좋다. 형제들이 다들 시댁 근처에 모여 살아 자주 만나는데, 누가 시누이고 올케인지 구분이 잘 가지 않을 정도로 친하다.

시누이들은 만나기만 하면 서로 예진씨를 칭찬하기 바쁘다. 그러다 보니 시누이와 올케사이의 갈등은 없고 그 흔한 고부간의 갈등도 찾아볼 수가 없다.

처음부터 예진씨는 시부모도 자신의 부모처럼 똑같이 대하려고 노력했다. 사실 생면부지의 시부모가 아무리 잘해준다고 해도 어렵기 마련인데, 예진씨는 자신의 주장을 내세우기보다는 일단 모든 것을 어른들 위주로 생각하고 자신이 맞추려고 했다. 자신을 자꾸 드러내다 보면 시댁 식구들과는 언제나 겉도는 삶을 살을 거라는 생각이 들었기 때문이다. 그래서 예진씨는 시부모의 의견을 최대한 존중해 드리려고 애썼다.

그렇다고 모든 걸 잘하려고 하지도 않았다. 잘하려고 하는 마음

뒤에는 자칫하면 상대에게 자신을 알아달라는 마음이 숨어 있기 쉽고, 그러다 보면 자연스럽게 원망하는 마음이나 미워하는 마음이 생기기 때문이다. 더구나 자신이 할 수 있는 일 이상을 하게 되면 본인에게도 스트레스가 되어 시댁 식구들에게 불만을 품게 될 소지가 있다고 생각했다.

그래서 예진씨는 못하는 것은 솔직하게 못한다고 하고, 대신 열심히 배우면서 최선을 다한다. 또한 젊은 사람 입장에서는 대수롭지 않게 여기는 일들을 어른들은 중요하게 생각하는 경우가 많은데, 그런 경우에도 짜증을 내기보다는 이해를 해드리려고 한다.

게다가 시댁에 가지 못하는 날에는 전화라도 자주 하고, 빠듯한 살림에도 불구하고 가끔씩 시부모에게 용돈도 드린다. 그러다 보니 시댁 어른들은 당연히 예진씨를 좋아하고 며느리의 말이라면 무조건 신뢰를 해준다.

가정생활도 가족 구성원들의 마음이 맞지 않으면 괴로워진다. 서로 마음이 통하면 아무 문제가 없는데, 마음이 통하지 않고 생각이 다르면 괴로움이 생기기 마련이다. 결혼해서 남편이나 시댁 식구로 인해 마음에 화를 품고 원망과 미움을 담으면서 한 30년쯤 살다 보면 자연히 마음은 황폐해지고 가슴엔 울화병이 들기 십상이다.

특히 시어머니나 시누이 혹은 동서와 갈등이 생기면 흔히들 '여자의 적은 여자'라고 하지만 좀더 근본적인 면에서 들여다보면 자신의 잘못된 마음이 자신을 망치는 적이 된다.

'왜 같은 여자끼리 서로 이해하지 못하고 으르렁거리고 살아야 하나' 하고 상대방을 탓하게 되지만, 상대가 먼저 자신에게 잘하기를 바라는 것이 아니라 자신이 먼저 마음을 열고 진심으로 식구들을 위한다면 굳이 상대가 어떻게 나오느냐에 관계없이 자신의 마음은 저절로 편안해지고 행복함을 맛볼 수 있다.

2장 남편이 미워요

어머니가 좋아, 내가 좋아?

장남인 남편은 항상 시댁 식구들을 우선으로 여깁니다. 남편이 효자면 아내가 피곤해진다더니 정말입니다. 저희끼리의 시간은 조금도 없습니다. 그건 고사하고 행여라도 자기 식구들 험담을 조금이라도 하면 난리가 납니다. 도대체 남편에게 저란 존재는 어떤 의미인지 모르겠습니다.

남편과 갈등을 겪는 일들 중에는 의외로 시댁 식구들과 연관되어서 빚어지는 것이 많다. 부부 사이에는 별문제가 없다가도 시어머니나 다른 시댁 식구들로 인해 부부싸움을 하게 될 때가 있다.

영혜씨도 남편이 시댁 식구들이라면 자다가도 벌떡 일어날 정도로 끔찍한 편이다 보니 가끔씩 말다툼을 한다. 처음에는 남편이 정이 많아 그런가 보다 하고 좋게 생각하다가 너무 시댁만 챙기려 하는 것을 보면 화가 나기 일쑤였다.

남편에게 영혜씨는 안중에도 없는 것처럼 보였다. 주말마다 한 시간 정도 떨어진 거리에 있는 시댁에 가는 것을 어쩌다 그녀가 불평이라도 하려면 남편은 '모시고 사는 것도 아닌데 그 정도도 못하냐' 면서 핀잔을 주었다.

남편의 말이 틀린 것은 아니지만 매 주말을 시댁에서 보내고 오면 짜증이 났다. 때로는 남편이랑 영화도 같이 보고 쇼핑도 하고 식구들끼리 가까운 곳으로 오붓하게 여행이라도 하고 싶은데 그런 생활을 전혀 할 수가 없었다.

더구나 마음이 불편하니 사사건건 시어머니와 부딪치게 되었다. 지나고 나면 별일이 아니었는데도 서운해지고 시댁 식구들이 미워지기 시작하면서, 시댁에 가는 자신이 마치 도살장에 끌려 가는 소 같다는 생각이 들었다.

영혜씨는 점점 지쳤다. 남편에게 속마음을 털어놓자니 워낙 자기 식구들밖에 모르는 사람이라 들은 척도 하지 않을 것 같고, 마음에만 담아두고 있자니 미칠 것만 같았다.

그러던 어느 날 시어머니가 집에 오셨다. 아들이 좋아하는 밑반찬을 만들어 갖고 오신 시어머니를 맞으면서 영혜씨는 마음이 불편했다. '며느리가 이런 것도 안 해 먹일까봐 해갖고 오셨나' 하는 고까운 마음이 든 것이다. 그저 아들밖에 모르신다는 생각에 영혜씨는 마음이 울컥해졌다.

"이런 건 뭐 하러 갖고 오셨어요. 주말에 저희가 갈 때 주시지."

"그냥 생각나서 했는데 며칠 놔두면 맛이 없어지잖니. 음식은 바로 해서 먹어야 제 맛이다."

"먹고 싶으면 제가 어련히 알아서 해먹을까요."

"…."

이날 시어머니는 저녁도 안 먹고 그냥 가 버렸다. 남편은 영혜씨에게 화를 냈다.

"당신은 어째 매사가 그 모양이야. 노인네가 일부러 해서 갖고 오셨으면 고맙습니다, 맛있게 먹겠습니다, 하면 그만이지 왜 그렇게 삐딱해?"

"내가 뭘 어떻게 했다고 그래. 당신은 맨날 어머니밖에 모르지? 나랑 어머니랑 물에 빠지면 당신은 나는 몰라라 하고 어머니만 건져낼 사람이야. 도대체 결혼은 왜 했어? 어머니랑 평생 살지. 왜 잘 나가는 사람 꼬셔서 결혼은 해 가지고 이 모양으로 만들어, 나도 더 이상 이대로는 살기 싫어. 나야말로 아주 미칠 지경이라구."

"지금 그걸 말이라고 해?"

그날 부부는 크게 다퉜고, 영혜씨는 그동안 마음에 담아두고 있던 말을 있는 대로 퍼부었다. 서로가 마음에 상처를 줄 대로 주어가면서 싸우고 난 부부는 며칠 동안 냉전을 벌였다. 영혜씨는 '이번 만큼은 양보하지 않겠다'는 생각을 했지만, 시간이 흐를수록 남편은 더 말을 하지 않았고 부부사이에는 침묵만 흐를 뿐이었다.

처음에는 '화를 내려면 내가 내야지 왜 자기가 더 야단이지' 하던 영혜씨는 그렇게 일주일 정도가 흐르자 불안해지기 시작했다. 남편도 이번에는 화가 단단히 난 것 같았기 때문이다.

며칠 후 남편은 퇴근 후 영혜씨를 조용한 곳으로 불러냈다.

"내가 당신을 그렇게 힘들게 만들었나? 당신이 원하는 대로 해줄게. 어떻게 하면 좋겠어? 난 사실 당신이 나를 이해해줄 줄 알았어. 내가 맏이라 부모님께 책임감을 느끼고 있는 건 사실이지만, 아내에 대한 사랑과 부모에 대한 사랑을 구분하지 못할 사람은 아냐. 그동안 부모님을 챙긴다고 당신을 미처 생각하지 못한 부분도 있다는 걸 알아. 하지만 그 정도는 이해해줄 거라 믿었어. 맏며느리 자리가 쉽지는 않다는 거 알아. 당신이 수고하는 거 알지만 그때마다 표현하기가 어려웠고 내가 굳이 말을 하지 않아도 당신이 나를 알아주리라 믿었는데 그게 아니었나 봐."

나지막하게 말하는 남편의 얼굴에는 비장함마저 흘렀다. 힘들 때면 이혼이라도 할까 하는 생각을 하기도 했지만 막상 남편이 그녀가 원하는 대로 해주겠다고 나서자 영혜씨는 할 말을 잃었다.

며칠 동안 곰곰이 생각하던 영혜씨는 언제부터인가 자신이 매사에 남편에게 '어머니가 좋은가, 내가 좋은가' 하는 식으로 따지고 있었고 시댁 식구들에게 남편을 빼앗겼다고 생각하고 있었다는 걸 알았다. 결국 남편만 취하고 싶어했고 시댁 식구들은 될 수 있으면 피하고 싶어했던 것이다.

그러나 그것은 땅을 딛고 서 있을 때 발이 닿는 곳만 필요하다고 나머지 땅을 다 없애버리면 지탱할 수가 없는 것과 같은 것이었다. 남편과 시댁 식구들은 모두가 하나이지 분리할 수 있는 대상이 아니기 때문이다.

영혜씨는 그런 자신의 모습을 보면서 남편에게 자신의 잘못된 생각을 솔직하게 털어 놓고 그동안 자신이 옹졸했음을 인정하면서, 한 달에 한 번 정도 혹은 두 달에 한 번 정도는 주말에 자신들만의 시간을 갖고 싶다고 말했다. 물론 남편도 영혜씨에게 조금 더 신경을 쓰기로 약속했다. 결국 그 일로 부부는 서로를 한층 더 이해하게 되면서 이혼의 위기를 넘길 수 있었다.

친정아버지의 칠순잔치

5년 전 친정아버지의 칠순잔치를 생각할 때마다 가슴이 아픕니다. 사돈네 잔치에 당신 기분만 생각하고 흔쾌히 보내주지 않은 시어머니도 야속했지만, 모처럼 있었던 처가 행사에 바쁘다는 핑계로 달랑 전화만 한 남편이 더 얄밉고 미웠습니다.

인화씨는 작년에 돌아가신 친정아버지를 생각하면 저절로 목이 멘다. 하나밖에 없는 딸의 결혼생활을 늘 염려하시던 아버지께 좀 더 좋은 모습을 보여드리지 못한 것이 못내 가슴이 아프다.

친정이 대구인 인화씨는 서울에서 살다 보니 친정에 자주 내려가기가 어렵다. 더구나 홀시어머니를 모시고 사는 터라 친정에 한 번 가려면 온갖 눈치를 다 보아야 한다. 남편이 앞장서서 이야기라도 해주면 좋으련만 남편 또한 효성이 지극해 어지간하면 시어머니 심기를 불편하게 해드리려고 하지 않는다. 그러다 보니 당연히 친정 출입이 뜸해지고 가끔씩 전화나 드리는 형편이다.

5년 전 친정아버지 칠순 잔치 하루 전날 내려가 잔치 준비를 도우려고 했다가 시어머니가 노발대발해서 집안이 쑥대밭이 된 뒤로는 아예 친정 근처에는 가지 않으려고 했다. 친정아버지가 돌아가셨을 때만 겨우 참석했을 뿐이다.

친정아버지의 칠순 때, 시어머니는 아들로부터 이미 이야기를 다 듣고도 며느리가 퇴근 후에 짐을 꾸리는 모습을 보면서 자기에게는 한마디 상의도 없었다고 버럭 화를 냈다. 월말이라 바빴던 인화씨가 미처 시어머니께는 말씀을 드리지 못하고 마침 인화씨에게 전화를 걸어온 남편에게만 상의를 한 것이 화근이 된 것이다.

인화씨는 화를 내는 시어머니가 이해가 되지 않았다. 비록 직접 말씀드리지는 않았지만 다른 일도 아니고 친정아버지 칠순에 간다는데 그렇게 난리를 치실 일인가 하는 생각에 속이 상했다. '모처럼 가는 친정에 기분 좋게 보내주지' 하면서 서운한 마음만 자꾸 생겼다.

게다가 시어머니가 그렇게 화를 내는데도 옆에서 가만히 듣고만 있는 남편은 더 얄미웠다. 시어머니는 '나이 드신 분이니까 그렇게밖에 생각을 못하지' 하면서 한 생각 돌려버릴 수가 있지만, 아내에 대한 변호는 한마디도 못하고 그저 어머니 화를 삭여드리려고만 하는 남편은 정말 보기 싫었다. 오히려 어머니 비위를 맞추기에 급급한 나머지 당연히 인화씨가 잘못했다고 했을 때는 속에서

열이 났다.

그렇게 한바탕 곤욕을 치르고서 친정을 다녀온 인화씨는 마음 깊은 곳에서 일어나는 남편을 향한 미움과 원망을 가눌 수가 없었다. 시어머니는 아들며느리가 함께 가는 것이 아니라는 사실에 화가 풀렸을 만큼 단순한 분이었기에 '원래 그런 분이지. 어떻게 하겠어.' 하고 서운한 마음을 지워버렸다.

그러나 남편은 친정에서 돌아온 인화씨를 보고도 이런 저런 말이 없었다. 장인 칠순 행사에 회사 일이 바쁘다고 전화만 드리고 자기 할 일을 다했다고 하는 것도 괘씸한데, 자기 어머니 화가 풀린 것에만 안도를 하고 아내의 기분 따위는 아랑곳하지 않는 남편의 태도에 인화씨는 더 기가 막혔다. 잔치를 잘 했느냐는 말 한마디조차 없었다. 오히려 시어머니가 미안한 기색을 보이면서 사돈 어른들의 안부를 물어보셨을 뿐이다.

그날 이후 인화씨는 남편에게 마음을 서서히 닫고 있었다. 겉으로는 아무렇지도 않아 보였지만 남편에 대한 사랑이 나날이 식어가고 있었다.

'어머니 때문에 속상했지, 하고 한마디만 했어도 내가 이렇게까지 서운하지는 않을 거야. 그래, 당신은 당신 가족만 중요하지. 난 결국 당신의 아내도 아니었어. 내가 당신과 살고 있는 건 아이들 때문이지, 결코 당신이 좋아서가 아니야. 앞으로 어떤 일이 생겨도 나 스스로 해결하지 당신과는 의논하지 않겠어.'

하는 생각들을 마음속으로 다지며 살아갔다. 문득문득 떠오르는 서운한 마음에 남편이 더 미워졌고, 부부 사이에는 조용히 높은 담이 쌓아지고 있었다. 그렇게 서로가 벽을 쌓아가는 사이 인화씨 부부는 자연스럽게 이혼의 위기를 맞고 있었다.

그러던 어느날, 친정아버지가 위독하다는 연락을 받고 부부가 급히 대구로 향하게 되었다.

인화씨가 친정에 도착하자마자 딸이 오기만을 애타게 기다리던 친정아버지는 인화씨의 손을 붙잡고 말했다.

"에고, 내 딸 왔나. 잘 살지? 잘 살아야 한다. 시어머니께도 잘하고. 이서방한테도 잘하고, 여자는 그저 지혜로워야 한다, 성질 난다고 아무렇게나 화내고 그러면 안 된다. 내 너를 외동딸이라고 너무 오냐오냐 키운 것이 지금도 후회된다. 약속해라. 잘 산다고. 네가 먼저 마음을 열고 베풀면 다 너에게 돌아온다. 잊지 마라."

친정아버지는 그렇게 신신당부를 하고 눈을 감았다. 당신의 칠순 때문에 벌어진 이야기를 나중에 인화씨와 가깝게 살고 있던 손위 올케로부터 들어서 알고 있던 아버지는 인화씨 부부의 위기를 일찍부터 예감하고 있었던 것이다. 장례를 치르고 돌아오는 차 안에서 인화씨는 아버지의 마지막 말씀을 가슴에 새기고 또 새겼다.

서울로 올라온 뒤, 며칠 동안 인화씨는 그간의 일들을 조용히 떠올려보았다. 하나의 작은 일로 시작해서 서로가 큰 벽을 쌓고 있는 것이 무엇 때문인지, 도대체 어디서부터 잘못되었는지 생각해보았다. 사단이 벌어지던 날 인화씨가 다시 잘 말씀을 드렸다면 분명히 시어머니는 그렇게까지 화를 내지는 않았을 것이다.

잠깐 동안은 자신이 잘못했다는 생각을 하기도 했었지만, 그래도 어머니가 너무하시는 것 아니냐는 생각 때문에 시어머니가 야속하게만 느껴졌고, 아내를 조금도 배려해 주지 않는 듯한 남편은 더 밉게만 보였던 것이다.

항상 어떤 일이 생기면 인화씨는 무조건 남이 문제라고 생각했지 자신이 문제가 된다고 생각하지 않았다. 아버지 말씀대로 타인에 대한 배려가 부족한 자신에게 더 많은 문제가 있었다고 생각하자 그동안 남편에 대해 느끼던 서운함, 미움 등이 한순간에 사라졌다. '내가 조금 더 넉넉했더라면, 조금 더 이해하려고 노력했더라면.' 하는 생각이 들었다.

남편도 시어머니의 억지를 모를 리가 없었다. 평소에도 혹시나 자신이 무시당하는 것은 아닐까 하고 늘 전전긍긍하시는 어머니의 행동이 지나쳤다는 걸 알면서도 아내가 소리없이 받아주기를 바랐을 것이다. 그리고 그 난리에 자기까지 칠순잔치에 참석하면 집안이 더 시끄러워질까봐 포기했던 것인데 그걸 인화씨가 또 오해를 한 것이다.

남편에 대한 잘못된 마음을 버리자 남편의 행동이 이해가 갔다. 자기 딴에는 일을 더 크게 만들지 않으려고 나름대로 애를 쓴 것이었다. 더구나 평상시에도 별로 말이 없고 무뚝뚝한 남편이 그런 일이 있었다고 해서 갑자기 다정한 말을 할 리가 없었다.

결국 부부로 엮였어도 너와 나를 가르고 있다 보니 생긴 일이었다. 인화씨는 생각이 거기까지 미치자 그동안 마음을 닫고 살았던 것이 미안해졌다. 자기부터 마음을 열 생각을 하지는 않고 남편만을 탓했던 것이다. 내가 모든 것을 다 잘 해도 상대가 마음을 열지 않는다면 그건 상대의 몫일 것이다. 그것까지 내가 해줄 수는 없다. 하지만 나부터 최선을 다하지 않고 남을 탓하다 보면 어느새 자신의 마음은 원망과 미움으로 가득 차게 된다는 걸 인화씨는 깨달았다.

당신이 다 해.

맞벌이를 하다 보니 혼자서는 집안일을 전담할 수 없습니다. 더구나 아기가 생기고 나서는 부쩍 힘에 부칩니다. 남편이 도와준다고 해도 어떤 때는 엉망으로 해놓아서 제가 다시 해야 합니다. 그러면서도 생색은 있는 대로 냅니다. 도대체 결혼을 왜 했는지 모르겠습니다.

맞벌이 주부들에게 가사와 육아는 큰 문제이다. 남편의 이해와 협조, 친정이나 시댁의 도움, 혹은 도우미 아줌마 등이 있어야 그나마 직장생활과 가정생활을 무리없이 해낼 수 있다.

8개월 된 아기가 있는 자경씨도 집안일로 남편과 심하게 다툰 경험이 있다. 자경씨는 아침이면 차로 10분 거리에 있는 시댁에 아이를 맡기느라 부산을 떤다. 그나마 조그만 속셈학원을 운영하고 있어서 가끔씩 급한 일이 생기면 동료 선생님께 학원을 맡기고 일찍 퇴근하기도 한다.

그러나 낮에 시어머니가 아기를 봐주신다고 해도 집안일은 여전히 자경씨의 몫이었다. 가끔씩 남편이 집안일을 거든다고 세탁기도 돌려주고 설거지도 해주지만 어쩐 일인지 시간이 흐를수록 횟수가 줄어들었다. 겨우 하는 것이라고는 저녁식사 준비 때 애기를 돌봐주는 것이다. 그것도 야근이라도 하면 못하는 일이다.

처음에는 하루종일 일하고 온 것은 똑같은데 누구는 집안일을 해야 되고 누구는 꼼짝도 안 하는가 하는 생각에 화가 났지만 기본적으로 여자가 할 일이 따로 있다는 생각이 들어 따지지 않기로 했다.

하지만 남편이 저녁 설거지나 청소 정도라도 해주었으면 하는 마음은 있었다. 일일이 얘기하지 않아도 알아서 조금씩 도와주었으면 하고 바랐다. 결국 그런 마음은 부부싸움으로 이어졌다. 사소한 집안일로 남편과 심한 말다툼을 하게 된 것이다.

자경씨도 주말이면 밀린 빨래도 하고 청소도 하는 등 주중에 미처 하지 못한 집안일을 한다. 그런데 주말에 몇 건의 결혼식에 참석하다 보니 월요일인 이튿날 집안이 엉망이 되었다. 어쩔 수 없이 퇴근 후에 일거리에 매달렸다. 저녁에 일을 마치고 돌아온 온 자경씨는 정신없이 식사준비를 하고 밀린 빨래도 돌리는 등 집안일에 여념이 없었다. 그런데 남편은 아기를 좀 보는가 싶더니 어느새 거실 소파에 누워서 TV를 보고 있었다.

저녁식사가 끝나고 아기를 재우고 나서 한숨을 돌리는가 했더니

지저분한 거실청소와 저녁 설거지가 밀려 있었다. 그 와중에도 여전히 꼼짝도 하지 않고 TV를 보고 있는 남편을 보고 있자니 슬그머니 화가 치밀었다. 그날 따라 학원에서 바빴던 자경씨도 피곤에 지치기는 마찬가지라 남편이 조금만 도와주었으면 하는 마음이 있었던 것이다.

마치 그릇이 날아가는 듯하게 소리를 내며 설거지를 하자 그제서야 남편이 TV에서 눈을 떼고 조금 조용히 할 수 없느냐고 했다. 마침내 참았던 자경씨의 화가 폭발하면서 부부는 크게 싸우게 되었다.

그로 인해 며칠 동안 부부사이에 불편한 날이 계속되면서 자경씨는 도대체 신혼 때는 그렇게 다정했던 부부가 왜 싸우게 되었는지 곰곰이 생각하게 되었다. 맞벌이를 해도 아기가 생기기 전까지는 서로 큰 소리 한번 나지 않았고 원하던 아기가 생겨서 행복했는데 지금은 왜 이렇게 힘들어하는 걸까 하는 의문이 들었다.

그러면서 남편이 싸울 때 하던 말이 생각났다.

"나도 도와주고 싶은데 어떤 때는 잊어버리기도 하고 실제로 회사일이 바쁜 날은 집에 와서 그저 쉬고 싶다는 생각밖에 안 들어. 그래도 당신이 힘들면 도와줄 생각은 있지만 내가 이것저것 찾아서 일을 하지는 못하니까 차라리 구체적으로 뭘 도와달라고 얘기를 해."

결국 부부싸움의 원인은 거기에 있었다. 남편의 도움이 필요하면 말을 했어야 하는데 자경씨는 남편이 알아서 해주기만을 기다리고 있었던 것이다. 문득 생각난 남편의 말에 자경씨는 그런 자신의 마음을 볼 수가 있었다.

그러고 보니 저녁식사 내내 자경씨가 밥을 편히 먹을 수 있게 남편이 먼저 밥을 빨리 먹고 아기를 봐주었던 것이 생각났다. 결국 남편도 노력을 하고는 있었으나 미처 생각하지 못하는 부분이 있는 걸 자기 입장에서만 생각하고 도와주지 않는다고 화를 낸 것이었다.

집안일이 손에 익지 않은 남자로서는 처음부터 잘할 수는 없는 것이 당연한데 그래도 도와주고자 했던 남편의 마음을 자경씨가 잊고 있었던 것이다. 더구나 남편에게 고맙다는 한마디를 건넨 적이 없었다. 생각이 거기까지 미치자 자경씨는 슬그머니 미안해졌다. 이날 자경씨는 남편에게 메일을 보내 자신의 솔직한 심정을 얘기하면서 사과를 했다.

그 뒤로 자경씨는 될 수 있으면 좋은 말로 남편에게 부탁을 한다. 서로 바라기만 하고 자기 입장을 내세워 봐야 싸움만 일어난다는 것을 알았기 때문이다.

늦게 들어오는 남편

남편은 퇴근하고 제대로 일찍 귀가를 하는 법이 없습니다. 워낙 노는 것을 좋아하고 사람 만나는 것을 좋아해서 항상 퇴근 후에도 약속이 많습니다. 그러다 보니 휴일이면 잠만 잡니다. 아이들이 나가자고 졸라도 들은 척도 하지 않습니다.

남편이 매일같이 일찍 들어와서 집안일도 거들고 아이들도 봐준다면 정말 행복할 것 같은데, 불행히도 그렇게 자상한 남편을 보기는 쉽지않을 뿐더러 맞벌이를 한다고 해도 서로 가사 분담이 잘 되지 않는 것이 우리의 현실이다.

은숙씨도 결혼 후 한동안은 남편이 밤마다 늦게 들어와서 골머리를 앓았다. 자정은 기본이고 늦으면 새벽에 들어오기가 일쑤였던 남편 때문에 잠을 제대로 자본 적이 언제였나 싶을 정도였다.

더구나 연년생인 아들 둘을 낳아 기르는 바람에 거의 3년을 집에서 갇혀 살다시피 했다. 잠 한번 제대로 자 보는 것이 소원이었기에 늦게 들어오는 남편이 곱게 보일 리가 없었다.

늦은 밤 아이들을 재워 놓고 들어오지 않는 남편을 기다릴 때는 허허벌판이나 무인도에 혼자 버려진 듯한 느낌도 들고 이러려고 결혼했나 싶은 생각만 들었다.

그러던 은숙씨는 어느 날 문득 거울에 비친 자신의 모습을 보고는 흠칫 놀랐다. 헝클어진 머리, 화장기 없는 얼굴, 헐렁한 옷차림 등, 거울에 비친 자신의 모습은 마치 삶을 포기한 사람 같았다. 은숙씨는 자신을 그대로 방치할 수 없다는 생각이 들었다.

은숙씨는 아이들을 오전시간 동안 놀이방에 맡기고 운동을 하러 다녔다. 우선 체력이 있어야 된다는 생각이 들어서 아이를 낳고 집에만 있는 동안 허약해진 몸을 가꾸기 시작했다.

그러면서 남편에게만 집중했던 시선을 자신을 향해 돌리기 시작했다. 틈틈이 신문이나 책도 읽었고, 구청이나 동사무소에서 주부들을 위해 여는 강좌에 등록해서 하루에 한두 시간 정도 자신을 위해 투자했다. 맞벌이를 하는 것도 아니고 남편의 월급만 가지고 빠듯하게 생활하는 형편에 무슨 사치냐 하는 생각이 들기도 했지만 은숙씨는 차츰 생기를 되찾아가면서 자신감이 생겼다.

사실 운동은 주로 아파트 뒷산을 이용했고, 또 강의는 거의 다 무료로 해주는 것만 골라 듣고 아이들 놀이방비만 부담한 것이었다. 그것도 종일반도 아니고 오전에 두세 시간 정도였기에 다른 비용을 좀더 절약하면서 자신을 위해 과감하게 쓰기로 한 것이다. 물론 그 결과는 얼마 후 돈으로 따질 수 없는 소중한 것으로 돌아왔다.

처음에는 집에서 놀면서 왜 애들을 놀이방에 보내느냐며 야단을 하던 남편도 아내가 변해가는 모습에 마음이 조금씩 누그러졌다. 더욱이 남편에게 무조건 퍼붓던 잔소리가 뜸해지면서 남편도 조금씩 일찍 들어오기 시작했다.

은숙씨는 사실 그동안 남편이 늦는 것에도 화가 났지만 아이들한테 받는 스트레스를 풀 길이 없어서 남편에게 화를 더 내는 날도 있었는데, 그렇게 하루에 잠깐씩 자신을 위해 시간을 쓰다 보니 스트레스가 덜해진 것이다.

남편도 때로는 혼자서 아이들과 씨름하는 아내가 안쓰러워 일찍 들어오려다가도 아내의 잔소리가 듣기 싫어서 일부러 더 늦게 들어오곤 했던 것이다.

요즘 은숙씨 부부는 주말이면 가끔씩 아이들을 데리고 가까운 공원에 나가기도 하고 집 근처의 산에 오르기도 한다. 주중에 매일 같이 늦게 들어와서 일요일에는 내내 잠만 자기에 바빴던 남편이 일찍 들어오기 시작하자 휴일에 가족나들이도 하게 된 것이다. 그리고 얼마 전부터는 아침 일찍 집 주변에 있는 학교 운동장에 나가서 부부가 같이 달리기를 시작했다.

은숙씨 부부는 같은 취미를 만들면서부터 서로 더 이해하고 배려하는 관계가 되었고, 이제는 남편도 회식이나 친구들 모임이 있어도 적당히 하고 나온다. 그런 생활이 자신에게 별로 이득이 되지 않는다는 것을 알게도 되었고, 무엇보다도 아침공기를 마시며 달리는 맛에 흠뻑 빠졌기 때문이다.

게임을 즐기는 남편

결혼 후 연애시절과 다르게 자꾸만 변해가는 남편이 실망스럽게 느껴집니다. 퇴근 후에도 밤새 컴퓨터를 하거나 휴일이면 잠만 자는 남편이 점점 싫어집니다. 밖에 나가면 다들 좋아하는 사람이지만 저에게는 그렇지가 못합니다.

결혼 후 10년이 넘는 세월을 원희씨는 세 아이를 낳아 기르면서 정신없이 보냈다. 고만고만한 아이들 틈에 끼어 자신을 돌본다는 것은 꿈도 꾸지 못한 채, 하루하루를 어떻게 살았는지조차 까마득하다.

'어느새 세월이 그렇게 지나버렸네' 하는 생각이 스치면 원희씨는 아쉬운 마음에 지난 시간을 되돌아보게 된다. 행복한 결혼생활을 꿈꾸며 마냥 좋기만 했던 신혼시절, 꿈과 현실 사이를 오가며 혼돈 속에 괴로워하던 시간들이 있었다.

원희씨가 힘들어 했던 것은 무엇보다도, 생각했던 것과는 다른 남편의 모습 때문이었다. 큰 아이를 낳았을 때만해도 남편에 대한 불만은 거의 없었다. 그러나 둘째를 낳고 원희씨가 감당해야 할 일들이 많아지면서 남편을 향한 불만과 원망의 씨가 점점 자라기 시작했다. 주위 사람들은 남편이 무척 자상할 것으로 다들 짐작했기에 신혼 초까지만 해도 원희씨 역시 그럴 것이라 생각했지만, 의외로 이기적인 면이 많은 남편은 참으로 넘기 힘든 '산'이 되어 원희씨를 답답하게 만들었다.

작년 여름, 원희씨는 지독한 더위와 싸워야 했다. 그 어떤 여름보다도 더 무덥고 힘들었다. 날씨가 무더운 탓도 있었지만 무엇보다도 마음 안에서 일어나는 뜨거운 '불길'은 원희씨를 더욱 지치게 만들었다. 일상 속에서 하나 둘 쌓이기 시작한 남편을 향한 불만들이 커다란 불덩어리가 되어 원희씨를 괴롭히기 시작한 것이다.

주변의 모든 것이 마음에 거슬리고 눈엣가시로 박히면서 보이는 것마다 짜증과 스트레스만 더할 뿐, 무엇 하나 나를 편하게 해주는 것이 없다는 생각에 신경은 한껏 예민해졌다. 그러다 보니 생활의 의욕은 물론 의무감마저 떨어져 집안살림은 말할 것도 없고 아이들 보살피는 일조차 대충대충 하게 되고 심지어는 먹거리마저 성의 없이 겨우겨우 해결해 나갔다. 생활 속의 모든 것을 대하는 마음은 있는 대로 꼬여 있었다.

특히 남편을 향한 마음은 말할 수 없이 엉망진창으로 꼬여 있어서, 어쩌다 시선이 마주칠라 치면 째려보기가 일쑤였다. 남편의 모든 것이 싫었고 미운 마음만 가득했다.

그런데다가 시간만 나면 컴퓨터게임에만 매달리는 남편의 모습을 볼 때면 야속하다 못해 가까이 있기조차 싫어질 지경이었다. 왜 그렇게 게임에 몰두하는지 도저히 이해할 수 없었다.

부부는 서로의 모든 것을 감싸주고 포용해주며 한없이 이해해줄 수 있어야 한다는 말을 들은 기억도 났지만 원희씨에게는 도저히 이해할 수 없다는 마음뿐이었다.

'세상에, 저럴 시간이 있으면 애들이랑 나가서 좀 놀아주지. 그럼 큰일이라도 나나.' 혹은 '어쩜, 자기 혼자만 저러냐. 나도 나 혼자만의 시간 좀 즐기게 애들 좀 봐주지.' 하는 식의 원망은 끝이 없었다. 때로는 그런 생각들이 입 밖으로 나오기도 했지만 남편은 들은 척도 하지 않았다.

그렇게 원망과 미움의 뜨거운 불덩어리가 커질 때마다 '그래도 좀 더 이해하도록 노력해야지.' 하며 스스로를 설득하기도 했지만 '왜 나만 이해하고 살아야 하지?' 하는 마음만 커질 뿐이었다. 이해하려 하면 할수록 싫은 마음만 커지고 그에 따른 괴로움도 커지고, 그렇게 마음 안에서 악순환이 계속되다 보니 생활의 의욕이 없어지는 것은 물론 입맛까지 떨어져 체력마저 약해졌다.

'내가 무엇 때문에 이렇게 괴로워하고 있지?' 혼자 반문해보기도 하고, 때로는 남편에게 심한 짜증도 내보았지만 엉킬 대로 엉킨 마음의 실타래는 풀릴 줄을 몰랐다. 마음의 괴로움에 육체적 괴로움이 더해지다 보니 어떻게든 그 상황을 벗어나 쉬고 싶다는 생각만 들었다.

그렇게 힘든 시간을 보내던 원희씨는 어느 순간 문득 '계속 이렇게 살다간 나는 물론 아이들의 생활마저 망가지고 말겠구나.' 하는 생각이 들었다. 어떻게든 내가 먼저 마음을 다잡지 않으면 안 될 것 같은 위기감이 느껴진 원희씨는 자신의 주변을 살펴보았다. 모든 게 엉망인 채 방치되어 있었다.

우선은 남편을 향한 마음을 다른 데로 돌려야 할 것 같아 일단 아이들을 친정에 며칠 보냈다. 그리고 더운데도 불구하고 집안 구석구석을 깨끗이 청소하고 전에 틈틈이 즐겨 읽던 책 두 권을 번갈아가며 읽기 시작했다. 마음속에 화를 담고 뜨거운 불길 속에서 허우적거리는 마음으로 보는 책이라 그저 글자만 보일 뿐이었지만 그래도 무조건 읽어갔다.

그렇게 주변을 정리하고 조용한 가운데서 책을 읽고 또 읽으면서, 그동안 무엇 때문에 그렇게 힘들고 괴로웠는가에 대한 답을 얻을 수 있었다. 그것은 바로, 자신의 생각 안에 스스로가 만들어 놓은 '나만의 잣대' 때문이었다. 자신의 생각대로 남편이 어떨 것이라 상상해놓고 그에 맞지 않는다고 화내고 속상해하고, 내 기준으로 남편의 모든 행동을 평가하고 아이들의 행동을 평가하고, 주변의 모든 것에 대한 옳고 그름, 혹은 좋고 나쁨의 평가와 분별을 쉴 틈 없이 하고 있었던 것이다.

결국 자신이 힘들었던 것은 남편과 아이들과 주변환경이 던져준 것이 아니라 그들을 바라보고 대하는 자신의 마음이 문제였음을 알게 되자 그간의 무거웠던 마음이 가뿐해지기 시작했다.

그렇게 힘든 여름을 보낸 뒤 남편을 향한 마음은 한결 여유로워졌고, 완벽하진 않지만 남편을 이해하고자 하는 마음도 생겨나기 시작했다.

'그래, 많이 피곤할거야. 내가 하루종일 집에서 애들하고 시달리는 것처럼 저 사람도 직장에서 여러 사람들과 부딪치면서 많이 시달렸을 거야. 그래서 집에 오면 아무것도 하기가 싫은 거고. 아마 내가 남편이었다면? 견디기 힘들었을지도 몰라.' 하며 입장을 바꿔 생각해보기도 했다.

주말이나 연휴 때 긴 낮잠을 즐기는 남편을 보면 '참 많이 힘들었나 보다.' 하는 마음이 들기도 했다. 예전 같았으면 식구들과 함께 나들이라도 가주기를 바라며 원망 섞인 눈초리로 곱지 않은 시선을 보냈을 것이다.

그러나 지금은 남편도 원희씨도 조금씩 변했다. 원희씨가 남편을 조금씩 이해하기 시작하면서 남편도 아내와 아이들을 챙기는 일이 많아졌고, 종종 아이들과 같이 놀아주게도 되었다.

그렇게 달라지는 남편을 보면서 원희씨는 한편으로 미안해지기 시작했다. 그동안 자신이 남편을 위해서 한 것이 무엇이 있는가를 생각해 보니 정말이지 민망할 정도로 소홀했던 것이다. 진심으로 남편을 이해하고 도와주고 남편이 원하는 것을 최선을 다해 해 준 적이 과연 있었던가 하는 의구심이 들 정도였다. 원희씨는 자신의 허물은 보지 못한 채 남편만 탓하고 살아온 자신의 모습을 보게 되었다.

요즘도 가끔씩 남편은 게임과 긴 낮잠을 즐긴다. 하지만 예전처럼 밤새도록 게임을 하거나 대책 없이 잠만 자진 않는다. 스스로 억제하려고 많이 애쓰며 대부분의 시간을 아이들과 함께 보내려고 노력한다.

그런 남편의 모습에 원희씨는 기분이 좋다. 때때로 서로 마음이 해이해지면 원희씨는 물론이고 남편도 상대에 대한 밉고 싫은 감정은 최대한 담지 않으면서 서로에게 예전의 모습을 상기시켜 주곤 한다.

당신! 오래 살아야 돼요

사흘이 멀다 하고 인사불성이 되어 들어오는 남편을 보면 세상에 있는 술이란 술은 전부 없어졌으면 하는 심정입니다. 말려도 보고 애원도 해보고 각서도 받아 보았는데 잘 되지 않습니다. 양가의 어른들이 나서서 꾸중을 하셔도 그때뿐입니다.

술 좋아하는 남편을 둔 주부들이 많이 하는 말 중에 하나가 '남자들이 아무리 술을 좋아해도 나이 들면 자연히 안 마신다'는 것이다. 나이가 들어서 몸이 견디지 못하게 되면 자기가 알아서 주량을 줄이고 조심하게 된다고 한다. 정확히 말해서 안 마시는 게 아니라 못 마시는 것이니, 못 마실 지경이 되기까지는 음주벽을 말릴 방법이 없다는 역설적인 표현이기도 하다.

숙희씨도 결혼 후 한 5년 동안은 남편의 술버릇으로 마음고생을 숱하게 했다. 주변에서 알아주는 술꾼이었던 남편은 거의 매일을 곤죽이 되도록 취해서 들어왔다.

"어떻게 사람이 허구한 날 술만 먹고 사냐? 이게 어디 사람 사는 거냐? 이대로는 더 이상 못 살겠어."

하고 푸념을 늘어놓아도 소용이 없었고, 심한 날은 주먹이 날아오기까지 했다. 평소에는 얌전한 사람이 술만 들어가면 말이 많아지고 난폭해졌다. 엉뚱하게 남의 집에 들어가는 등 어이없는 실수도 심심치 않게 했다.

싸우기도 많이 하고 이혼을 한다고 서류도 내밀어 보고 실제로 가출도 몇 번 했지만 별 효과가 없었다. 그때마다 다시는 안 그런다는 말뿐이었지 달라지는 게 없었다.

숙희씨는 도저히 이대로는 안 되겠다는 생각이 들어 마침내 술과의 전쟁을 벌이기로 했다. 술만 먹고 들어오면 원수같이 보이는 남편이지만 그래도 술에 절어 살게 내버려둘 수는 없다는 생각이 들었기 때문이다. 싸움보다는 뭔가 근본적인 해결책이 필요했다. 그래서 일단은 화만 낼 것이 아니라 진지하게 대화를 나누는 게 우선인 것 같아, 남편이 모처럼 일찍 들어온 날 잊지 않고 차분하게 이야기를 꺼냈다.

"당신 왜 그렇게 폭음을 해요? 나는 당신이 정말 걱정 돼요. 나 당신이랑 오래오래 같이 살고 싶은데 이러다가 쓰러지기라도 하면 어떻게 해요. 제발 조금만 마셨으면 좋겠어요. 마시는 것까지는 뭐라고 하지 않을 테니 건강을 생각해서 좀 줄여요. 자기 스스로를 통제할 수 있을 정도의 양만 마시면 실수도 안 하고 건강도 괜찮을 거 아니에요?"

평소와는 달리 숙희씨가 갑자기 조용하고 진지하게 말을 건네자 머쓱해진 남편도 속에 담아두었던 말을 했다.

"솔직히 어떤 때는 나도 그만 좀 해야겠다 싶은데 잘 안 되네. 알았어. 노력할게. 내가 어쩔 수 없이 술 마실 자리가 많다는 건 당신도 알잖아. 거래처 사람들, 고객들 접대하는 자리에서 내가 몸을 사릴 수 있는 처지가 아니야. 그리고 무엇보다 술을 마시면 숨통이 좀 트이는 것 같아. 긴장도 풀리고 골치 아픈 회사일, 사람들한테 스트레스 받는 것도 잊을 수 있고…."

남편의 얼굴에 전에는 볼 수 없었던 쓸쓸함이 번졌다. 영업부서에 있는 남편이 얼마나 힘들까를 진심으로 걱정해 보지는 않고 무조건 술을 줄이라고 바가지를 긁었던 자신을 숙희씨는 후회했다.

그러면서 결혼 전 직장생활을 했을 때, 남자 직원들이 전날 상사에게서 받은 스트레스를 푸느라고 잔뜩 술을 마시고 다음날 출근할 때까지도 술 냄새를 풍기던 일이 생각났다. 여사원들 가운데에도 술로 스트레스를 푸는 일이 종종 있었고, 숙희씨 자신도 친구를 만나 수다를 떨거나 영화를 보거나 함으로써 업무에서 오는 중압감을 털어버리려고 한 적이 있었다.

'그래, 때로는 모든 걸 잊고 싶어서 폭음을 할 정도라면 얼마나 회사 생활이 힘들까. 또 업무상 술자리를 피할 수 없을 때는 본인도 얼마나 괴로웠을까.'

그런 생각을 하니 숙희씨는 가장으로서 무거운 책임을 지고 있는 남편이 애처롭게 느껴졌다.

그렇다고 마냥 술독에 빠져 지내도록 내버려둘 수는 없었다. 숙희씨는 작전을 바꾸었다. 남편이 술을 먹고 오면 잔소리를 하는 대신 부드럽게 대하고 조용히 잠들 수 있도록 배려했다. 일절 잔소리를 하지 않으려고 애썼다. 물론 쉽지는 않았다. 참자니 속에서 불이 났지만, 어쨌든 부딪치고 싸워서 해결할 수 있는 문제가 아니라는 생각으로 밀고 나갔다.

그리고 어쩌다 남편이 일찍 귀가하는 날이면 시원한 맥주 몇 병을 준비하는 것도 잊지 않았다. 부부가 함께 대작을 하면서 남편의 스트레스를 풀어주려고 노력했던 것이다. 술을 먹고 온 다음날이면 시원한 해장국을 끓여주면서 애교 섞인 말도 잊지 않았다.

"당신, 내가 이렇게 맨날 맛있는 해장국 끓여준다고 술 더 먹고 들어오면 안 돼요. 당신은 항상 우리집 기둥이라는 걸 잊으면 안 돼요. 난 당신 없인 못 사니까, 오래 살아야 돼요."

물론 전에도 가끔씩 해장국을 끓여 주기는 했지만 진심 어린 말까지는 하지 못했었다. 오히려,

"나 같은 마누라가 어디 있어. 내가 미쳤지. 뭐가 좋다고 아침부터 해장국을 끓여다 바치는지 몰라."

하고 온갖 생색을 다 내거나 아니면 전날 밤 하지 못했던 잔소리를 퍼붓기 일쑤였다. 그러나 남편의 마음을 알고 난 뒤로는 될 수 있으면 남편의 입장에서 생각하고 또 생각하려고 했다.

숙희씨는 맛있는 해장국은 물론이고 식단을 개선했다. 또 가끔씩 남편을 위해 건강보조 식품도 챙겼다. 조금이라도 술로 인해서 건강을 해치지 않게 해 주기 위해서였다.

처음에는 그런 숙희씨의 행동들을 대수롭게 생각하지 않던 남편도 조금씩 변해가기 시작했다. 술을 끊겠다는 말도 했고, 실제로 술자리를 피해 일찍 들어오기도 했다. 술을 마시더라도 본인 스스로 주량을 조절해서 전처럼 폭음을 하는 일이 많이 줄었다.

단시간에 이루어지지는 않지만 진실은 언젠가는 알려진다고 하지 않던가? 무슨 일이 있어도 남편을 술로부터 지켜야 되겠다고 마음먹은 숙희씨의 진심이 결국은 남편을 변하게 만들었다.

남자는 하늘, 여자는 땅

남편은 집에서 손 하나 까딱하지 않습니다. 하다못해 물을 갖다 주는 것은 기본이고 모든 걸 옆에서 해주어야 합니다. 공공연히 '남자는 하늘이고 여자는 땅'이라는 말을 하면서 내가 자기의 하녀라도 되는 듯이 부려먹습니다. 정말 절 사랑해서 결혼한 사람이 맞는가 하는 의심이 들 때가 있습니다.

흔히 21세기는 여성의 시대라고 한다. 실제로 예전과는 다르게 여성의 지위가 나날이 올라가고 있기는 하지만, 아직도 우리 사회 전반에 흐르는 남존여비사상이 많은 여성들을 울리고 있는 것이 사실이다. 더구나 그런 생각들은 가정생활에서 갈등을 일으키는 원인이 되기도 한다.

무뚝뚝한 충청도 토박이 남자와 결혼한 수경씨도 한때는 보수적인 남편 때문에 꽤나 속을 태웠다. 남자 형제가 셋이나 되는 집의 외동딸로 자란 수경씨는 아들 선호 사상이 강한 부모님 밑에서 불이익을 당하며 자랐다고 생각했다.

어른이 돼서 내 가정을 갖게 되면 그런 답답한 일은 없으려니 생각했지만, 막상 결혼은 또 다른 괴로움을 가져다 주었다. 고지식하고 보수적인 남편 때문에 숨이 막히는 생활을 해야 했던 것이다.

다른 집 여자들은 제 시간에 들어와서 같이 저녁 먹는 남편을 반기는 것과는 달리, 수경씨는 남편이 일찍 집에 들어오는 것이 싫었다. 바쁜 남편이 어쩌다 일찍 들어오는 날은 남편의 시중을 들어주느라 그야말로 엉덩이를 붙일 새가 없었기 때문이었다. 남편은 수경씨가 자신의 말을 무조건 들어주기를 바랐고, 수경씨가 조금이라도 싫어하는 표정을 보이면 영락없이 부부싸움이 일어났다.

남편은 집안 일에는 도통 무관심했다. 하다못해 현관 앞에 시골에서 올라온 쌀자루가 일주일 동안 놓여 있어도 알아서 옮겨 주는 일이 없었다. 수경씨가 갖은 말로 사정을 해야 겨우 할까 말까 할 정도였다.

수경씨는 그런 남편과의 결혼생활에 점점 지쳐갔다. 살자니 하루하루가 숨이 막히는 것만 같았고, 마치 자신의 인생은 온데 간데 없고 남편이나 가족들의 시중을 들어주기 위해 사는 것만 같았다.

바윗돌같이 꿈쩍 않는 남편을 움직여 보려고 때로는 애교를 떨어 보기도 하고 정말 이대로는 더 이상 살 수 없다고 엄포를 놓기도 했지만 그때마다 돌아오는 것은 남편의 무시와 핀잔뿐이었다.

사실 수경씨는 자신이 여성이라는 사실에 스스로 피해의식을 크게 갖고 있었다. 어린시절 남자 형제들 사이에서 크면서 여성이라는 사실이 부담스러웠던 적이 한두 번이 아니었다. 그런 경험이 남편과의 갈등에도 한 몫을 했던 것이다.

수경씨는 우연한 기회에 동네 아줌마들과 이야기를 하다가 자신에게 그런 피해의식이 있다는 걸 알게 되었다. 수경씨의 남편과 약간의 차이는 있었지만 대개의 남편들이 집안일에는 무심하고 집에 오면 손 하나 까딱하지 않으려고 했다. 자신만 이상한 남편을 만났다고 하고 있었는데 그것이 아니었던 것이다.

그 일이 있고 나서 수경씨는 남편과의 갈등을 다른 측면에서 풀어보기로 했다. 여자로 태어난 이상 여자의 삶을 거부할 수는 없었다. 여자니 남자니 따져봐야 문제가 해결되는 것은 아니라는 생각이 들었다.

수경씨는 '남들은 밖에 나가서 봉사활동도 하는데, 내가 사랑해서 선택한 남편을 위해 봉사한다고 생각하자' 하는 마음으로 남편을 대하기로 결심했다.

그러던 어느 날 수경씨는 TV를 보다가 작은 충격을 받았다. 평소 수경씨가 호감을 느꼈던 한 배우가 그날따라 모자라고 덜 떨어진 배역을 맡았는데, 주인공이 아닌데도 그 역할 덕분에 드라마가 한층 더 돋보였다.

'저 사람이 귀공자처럼 생겼는데, 바보 역할도 잘하네.'

만일 그 배우가 원래 자신의 모습을 드러내려고 바보 역할을 엉망으로 했더라면 배우로서 성공할 수가 없었을 것이다. 연기자에게는 각자 자신의 배역에 충실한 것이 중요한 것처럼 우리들의 삶도 그렇다는 생각이 들었다. 아내로서, 엄마로서, 며느리로서의 역할을 받은 것이 싫다고 아우성을 치고 몸부림을 쳐도 그것은 이미 맡겨진 배역이 아닌가.

남들이 뭐라고 하든, 남편이 어떻게 자신을 대하든, 그보다 수경씨 자신이 어떻게 사는 것이 더 중요하고 소중한 것임을 깨달았다.

그러고 보니 남편을 위해 봉사한다고 마치 선심을 쓰듯 마음을 낸 것도 잘못된 것이라는 걸 알았다. 당연히 남편과 아내로 만났기 때문에 그저 최선을 다해야 한다는 걸 깨달은 것이다. 수경씨는 마침내 자신이 그동안 남편을 대하는 마음자세가 바르지 못했다는 데에 생각이 미쳤다.

그런 잔잔한 깨달음 속에서 수경씨는 예전과 다르게 매사에 진실한 마음을 내려고 애를 썼다. 하다못해 남편이 퇴근해서 들어올 때가 되면 적어도 헐렁한 추리닝이 아닌 옷으로 갈아 입고 현관에 서서 환한 얼굴로 맞아주었다. 전에는 남편이 들어와도 부엌에서 일하던 차림으로 쳐다보는 둥 마는 둥 하던 아내가 그렇게 변하자 남편은 의아해하면서도 좋아했다.

나아가 수경씨는 남편이 무슨 일을 시키면 꼭 한마디씩 내뱉고 인상을 찡그려 가며 마지못해 하던 것도 될 수 있으면 웃으면서 해주려고 하고 만약 못하게 되는 일이 생기면 부드럽게 이유를 이야기하고 남편의 양해를 얻으려고 노력했다.

상대가 원하는 일을 똑같이 해줘도 마음을 어떻게 먹고 하느냐에 따라 결과는 다르게 나타난다. 남편이 왕이면 그 아내는 하녀가 아니라 왕비가 되는 것처럼, 진정으로 남편을 하늘처럼 섬기다 보면 어느새 자신도 저절로 같은 하늘이 되어가는 것을 수경씨는 느낄 수 있었다.

아! 옛날이여

한 번의 사업 실패로 남편은 너무 많이 변했습니다. 마치 세상을 포기한 듯 살아가는 남편이 점점 무능력하게 느껴지고 그런 남편과 살아야 하는 게 답답하기만 합니다. 시간을 거꾸로 돌릴 수만 있다면 결혼 전으로 돌아가고 싶습니다. 어쩌다 제 인생이 여기까지 왔는지 모르겠습니다.

결혼해서 살다 보면 가끔 미혼 시절이 그리워질 때가 있다. 단 며칠이라도 좋으니 가족들과 떨어져 자기만의 시간을 갖고 싶어질 때도 있다.

더구나 힘든 시기를 겪게 되면 그런 생각은 더 간절해진다. 결혼을 물리고 싶은 마음까지 든다. 하지만 이미 멀리 흘러가 버린 시간이라면 그런 생각들은 자신에게 도움이 되지 않을 것이다.

결혼 10년차인 혜진씨에게도 힘든 시절이 있었다. 무능력한 남편에, 자신을 힘들게 하는 시댁 식구들의 무시와 비난 등으로 혜진씨는 결혼생활을 포기하고자 했었다.

'내가 어쩌다 저런 인간을 만나 이렇게까지 망가졌을까' 하고 남편을 원망하기도 했고, 자신의 삶 자체를 끝낼까 하는 절망적인 생각에 빠지기도 했었다.

혜진씨의 마음고생이 시작된 것은 남편이 잘 다니던 대기업을 그만 두면서부터였다. 회사를 그만둔 남편은 사업을 하겠다며 여기저기 돈을 끌어들였고, 결국 몇 번의 사업 실패는 혜진씨의 결혼생활을 빚잔치로 만들어 버렸다.

그런 상황에서 사업자금을 빌려주었던 형제들과도 의가 상하고, 시어른들은 '여자가 잘못 들어와서 집안이 거덜났다.'며 사리에 닿지 않는 말로 혜진씨의 가슴에 못을 박았다.

그러나 그냥 있을 수만은 없었다. 우선 아이들하고 당장 먹고 살아야 했고, 자꾸만 망가져 가는 남편을 그대로 바라보고만 있을 수는 없었기 때문이었다. 세상의 낙오자가 된 듯한 남편은 날이 갈수록 말수가 줄면서 술로 세월을 보내고 있었다. 그런 마당에 자기마저 정신을 놓으면 식구들이 모두 죽겠다는 생각이 들면서 더럭 겁이 났다.

그때부터 혜진씨는 닥치는 대로 일을 하면서 남편을 다독였다.

"우리 다시 시작해요. 아직 젊잖아요. 이제부터는 욕심부리지 말고 천천히 시작하자구요. 우선은 내가 조금씩 벌어볼게. 당신은 잠시 쉬면서 다른 일을 알아보면 어떨까? 당신은 다시 시작할 수 있어요. 우리 힘내요."

남편에게 그런 말을 하게 되기까지 혜진씨도 쉽지는 않았다. 하지만 남편을 몰아세운다고 나아지는 것은 하나도 없었다. 그건 순간의 화풀이일 뿐이고 오히려 상황을 더 나쁜 쪽으로 끌고 갈지도 모른다는 생각이 들었다. 그럴 바에는 이왕이면 좋은 쪽으로 남편을 이끌고 당분간은 자신이 가정을 책임져야겠다는 판단을 했던 것이다.

하루에도 몇 번씩 고삐를 잡아채듯 마음을 다잡았다. 누구나 살면서 고통은 겪는 것이고, 다만 사람에 따라서 그 고통이 크고 작은 차이가 있을 뿐이라는 생각과 함께, 그런 고통에 자신의 운명을 내맡길 수 없다는 각오를 한 것이다. 이대로 무너지기는 싫다는 오기가 생겼다.

힘든 일에 지쳐서 짜증이라도 날 것 같으면 훗날 멋있게 웃는 사람이 되자고 한 자신과의 약속을 되새겼다. 또한 행여나 자신이 생활전선에 뛰어들었다고 해서 남편을 무시하지 않고 작은 일이라도 같이 상의를 했고, "난 당신을 믿어요. 당신은 다시 일어날 수 있어요." 하고 말하며 항상 남편에게 힘을 실어주었다.

아직도 친척들에게 빌린 약간의 부채가 남아 있긴 하지만 이제 혜진씨의 가정은 안정을 되찾아가고 있다. 혜진씨는 시장 입구에다 조그만 반찬가게를 냈고, 한동안 일손을 놓고 있던 남편은 작지만 탄탄한 중소기업에 취업을 해서 재기에 성공했다.

혜진씨의 서른여섯번째 생일날, 남편은 꽃다발을 건네며 진심으로 고마움을 표했다.

"어려울 때 나랑 애들 버리지 않고 지켜줘서 정말 고마워. 사실 그때 나는 세상에서 버림을 받은 듯한 기분이었는데 당신도 나를 두고 가버릴 것 같아서 더 힘들었거든. 마치 나락으로 떨어져서 다시는 아무것도 할 수가 없을 것만 같았는데 당신이 나를 다시 일으켜준거야. 정말 고마워."

혜진씨에게 지난 시절은 더 이상 고통으로 기억되지 않는다. 자신의 삶을 좀더 개척할 수 있었던 소중한 시간이었고, 무엇보다도 앞으로 어떠한 일이 있어도 강하고 진실한 마음이면 뭐든지 해낼 수 있으리라는 믿음을 얻었기 때문이다.

그 집에 가서 살아

남편과 대화를 하다 보면 저도 모르게 다른 집 이야기를 꺼낼 때가 있습니다. 일부러 그런 것도 아닌데 남편은 무지하게 화를 냅니다. 그리고 그렇게 말하는 저를 굉장히 무시하고 사람 취급도 하려고 하지 않습니다. 자기가 잘못한 것은 생각하지도 않습니다.

결혼 6년차인 인선씨는 언제부터인가 남편과 대화를 하다 보면 꼭 부부싸움을 하게 되었다. 싸우고 나서 생각해보면 특별한 일도 아니었지만 서로가 기분이 상할 대로 상하곤 했다.

그전에도 간혹 부부싸움을 했지만 그렇게 심하게 다툰 적은 별로 없었는데 근래에 들어 서로 이야기만 했다 하면 꼭 싸움으로 번지는 이유를 인선씨는 알 수가 없었다.

처음에는 자기가 잘못하고 있는 게 무엇일까 찾아 보려고 했지만 특별히 짚이는 데가 없었고 오히려 남편이 전보다 유난스러워졌다는 느낌만 들었다. 날이 갈수록 남편은 인선씨가 무슨 말을 좀 하려면 "잔소리 좀 그만해라." 하면서 아예 들으려고도 하지 않았다. 그러니 인선씨로서는 더욱 화가 날 수밖에 없었다.

언젠가 남편들이 아내로부터 듣기 싫어하는 말이 무엇인가에 대해 여론조사를 한 적이 있었는데, 남편들은 아내로부터 "다른 집 남자는 안 그러는데 당신은 그것밖에 못해." 하는 식으로 다른 사람과 비교하는 말을 할 때가 가장 싫고 그 다음에는 시댁 식구들에 대한 험담을 할 때다.

인선씨네 부부싸움의 원인은 바로 거기에 있었다. 결혼 초에는 그러지 않았는데 바로 옆 동에 친구가 이사를 오면서부터 은근히 친구 남편과 자신의 남편을 비교하기 시작했던 것이다. 부부들이 다 대학 동기인데다 두 집 남편이 비슷한 직종에 근무를 하고 있었다. 그러다 보니 인선씨는 자신도 모르게 말끝마다 "한수네 아빠는 이것도 한다더라, 저것도 한다더라."

하며 남편과 비교를 하게 되었다.

인선씨는 얼마 전에야 비로소 자신이 남편의 자존심을 건드리면서 말을 한다는 사실을 알게 되었다. 그날도 조그마한 일로 다투게 되었는데 남편이 갑자기 화를 버럭 내면서 소리를 질렀다.

"당신 자꾸 그렇게 할래? 아예 그 집 가서 살지 그러냐. 짐 싸 가지고 가. 그 남자가 그렇게 좋아 보이면 거기 가서 살아. 봐주는 것도 한두 번이지."

인선씨는 그제서야 자신의 잘못을 알았다. 남편이 실수를 하면 친구 남편과 비교를 하면서 그것도 못하나 하는 마음이 앞서곤 했던 것이다.

사실 인선씨의 남편은 별로 다정다감하지는 않지만 그런대로 가정적인 편이었다. 그런데도 자꾸 남의 집 남편과 비교를 했으니 화가 날 만도 했던 것이다.

인선씨로서는 남편이 자기의 말을 제대로 안 들어주고 무시한다고 생각했었는데, 결국 자신이 먼저 남편을 무시하고 있었던 것이었다. 그러니 당연히 남편 입장에서는 화가 날 수밖에 없었다.

간혹 남편이 마음에 들지 않는 경우에도 다른 사람과 비교를 하기보다는 얼마든지 다른 방법으로 좋게 돌려서 이야기를 할 수도 있는데 그러지 못했던 것이다. 남편이 기분 좋을 때 슬쩍 "당신은 이것만 하면 참 좋겠는데, 이런 것은 좀 이렇게 해보면 어떨까" 하는 식으로 말한다면 남편도 기분이 덜 상하고 금방은 고치지 않더라도 자신의 단점에 대해서 생각을 해보고 고쳐보려고 할 수도 있을 것이다.

이후로 인선씨는 될 수 있으면 말을 조심하면서 남편을 있는 그대로 봐주려고 애쓰게 되었다.

믿을 수 없어요

하루종일 아이들과 함께 하다 보면 시간이 어떻게 가는 줄도 모르겠습니다. 요즘에는 순간순간 과연 이렇게 살아야 하는가 하는 회의도 들고 공연히 혼자만 재미있게 사는 것 같아 보이는 남편의 바깥생활에 신경이 쓰입니다. 혹시 이러다 의부증이라도 걸리지 않나 두렵습니다.

결혼 초기에 아이를 낳고 서로 적응을 하는 과정에서는 상대에 대해 실망을 느끼기도 하고 불신감이 높아질 수 있다. 더욱이 전업주부의 경우에는 가사와 육아로 하루종일 시달리다 보면 하루 해가 어떻게 지는 줄 모를 때가 많다. 하지만 결혼생활을 하면서 남편과 아이들에게만 의지하다 보면 세월이 흐를수록 소외된 느낌을 받기 쉽다.

어떤 부부도 남편이나 아내가 상대를 구속하거나 소유하려 드는 것은 곤란하다. 때때로 우리가 사랑이라고 부르는 감정에는 무서운 집착이 숨어 있을 수 있는데, 상대를 구속하려 들면 자기 자신도 그 마음에 같이 구속을 당해서 괴로워질 수 있다. 부부는 같은 길을 걸어가는 동반자이기에 조금은 떨어져서 가는 것도 괜찮을 듯싶다. 서로를 조금은 담담히 바라보면서 자신의 삶도 열심히 사는 것이 오히려 행복해질 수 있는 방법이다.

대학 전임강사로 일했던 선미씨도 남편에 대한 의심과 집착으로 인해 결국 이혼을 한 여성이다. 선미씨는 어디 한 곳 나무랄 데 없는 남편을 매우 자랑스러워했다. 출중한 외모와 좋은 매너로 사람들과 잘 어울리고 직장에서도 평판이 좋아 어딜 가나 인기가 좋은 사람이었다.

그런데 남편에 대한 믿음과 기대가 큰 만큼 의심과 불안도 컸던 것 같다. 거기에서 불행이 싹텄다. 어느날 유난히 우울했던 선미씨는 자기 기분에는 아랑곳없이 즐거워보이는 남편을 보고 있던 순간 혹시 바람을 피우는 건 아닐까 하는 생각이 불쑥 올라왔다고 한다.

그 날 이후로 남편의 하루하루 일정을 살피고 수시로 전화를 해서 확인했다. 남편이 출장이라도 가는 날에는 행선지를 확인하고, 자기 강의가 없는 날이면 아예 아이들을 데리고 출장지까지 남편을 따라갔다. 그래야 안심이 되었다.

워낙 자상하고 가정적이었던 남편도 점점 병적으로 변해가는 선미씨의 태도를 견디기 어려워했다. 어쩌다 동료 여직원을 차에 태워주거나 누군가와 다정하게 전화 통화라도 하고 나면 누구인지 무슨 용건이었는지를 꼬치꼬치 따지는 아내에게 시달려야 했다.

사람 만나기를 좋아해서 퇴근하면 동료들과 술을 한 잔 하느라 늦을 때가 가끔 있었지만 그렇다고 밤 12시를 넘겨본 적이 별로 없었고 그마저도 의심을 받으면서 그만두었지만, 직장생활하는 남자가 매일 퇴근 시간에 맞춰 들어 온다는 것은 불가능한 일이었다.

처음에는 아내를 안심시키기 위해 의심받을 만한 일을 만들지 않으려고 했지만 그러면 그럴수록 오해가 늘어가고 더욱 닦달을 해대는 통에 숨이 막힐 지경이었다.

그러던 차에 남편은 대학시절 자신을 따르던 여자후배를 다시 만나면서 위안을 얻게 되었고, 이후 둘은 급격히 가까워졌다. 결국 남편의 외도를 알아 챈 선미씨는 결혼 6년 만에 이혼을 하게 되었다.

선미씨는 이혼을 하고 나서야 자신의 행동을 후회했다. 자신의 의부증이 남편의 마음을 자기에게서 떠나게 한 원인임을 알았지만 이미 때는 늦었다. 남편을 자기 곁에 붙들어 놓으려는 지나친 집착이 오히려 남편을 잃게 만든 것이다.

결국 선미씨는 자신의 잘못된 생각으로 인해 소중한 가정을 잃어 버린 셈이었다. 남편에게 지나치게 의존하고 남편을 통해 만족을 얻으려는 욕심이 너무 컸던 것이다.

내가 아닌 남편이나 자식을 통해 만족을 얻고 그들을 내 마음대로 품안에 넣고 싶어하는 것은 집착이다. 집착은 상대와 나를 망가뜨리기가 쉽다. 그러나 우리는 집착과 사랑을 잘 구별하지 못하며, 오히려 집착하여 아둥바둥하는 자신의 모습을 깊은 사랑이라고 착각하며 산다.

결국 의부증은 남편을 믿지 못하는 것에서 시작되지만 발병의 원인을 더 깊이 살펴보면 스스로 자신감을 상실하고 상대에게 모든 탓을 돌리기 때문이다.

남편을 믿는 마음은 결국 자기 자신에 대한 사랑과 믿음에서 시작된다고 볼 수 있다. 자신의 삶을 경영하는 주관이 뚜렷하고 생각의 균형을 잃지 않는다면 다른 사람을 보는 눈도 바르고 합리적으로 된다. 자기 자신을 아끼고 사랑하고 발전시켜 나갈 때 비로소 상대를 여유롭게 봐줄 수 있을 것이다.

밉고 또 미웠던 남편

내 남편만큼은 그러지 않을 거라고 굳게 믿고 살아왔는데, 남편이 지난 1년 동안 다른 여자를 만났다는 사실을 알고 전 하늘이 무너지는 것 같았습니다. 실수였다고 하면서 용서를 비는 남편을 어떻게 해야 좋을지 모르겠습니다. 이혼을 하고 싶은데 아이들이 마음에 걸립니다.

서로에 대한 신뢰가 무너지면 부부는 살기가 힘들어진다. 마치 깨진 유리조각을 다시 붙여도 표가 나는 것과 같다. 그만큼 배우자의 외도는 상대에게 커다란 상처를 준다.

그래도 아이들 때문에 마지못해 참고 사는 부부들도 있다. 주로 아내 쪽에서 덮어두고 사는 경우가 많다. 참고 살려면 그 마음은 오죽하겠는가. 가끔씩 가슴속 깊은 곳에서 뭔가 끓어오르는 것 같은 기분도 들고 울컥해질 때도 있을 것이다. 그런가 하면 굳이 이렇게까지 참고 살아야 하는가 하는 자신의 삶에 대한 깊은 의문이 들기도 할 것이다. 하지만 그 힘든 세월을 이겨낸 여성이 있다.

영숙씨는 지난 20여 년을 남편의 외도로 속을 썩고 살았던 40대 후반의 주부이다. 영숙씨의 지난날 이야기를 듣다 보면 어떻게 그렇게 살 수 있었을까 하는 의문이 들 정도이다.

불행인지 다행인지 영숙씨의 남편은 자신이 비록 바람을 피울망정 아내에게 이혼을 요구하지는 않았다. 오히려 영숙씨가 참다 못해 이혼을 요구했지만, 남편은 정 이혼하고 싶으면 아이들은 두고 나가라고 했다. 아이들을 볼모로 자기를 붙들고 있다는 걸 알고 있었지만 남편 없이는 살아도 아이들 없이는 살 수 없을 것 같았기에 영숙씨는 도저히 이혼할 엄두를 내지 못했다.

남편은 아이들과 겨우 살 정도의 생활비만을 주고 몇 달씩 나가서 안 들어오거나 더러 잠만 자고 나가기가 일쑤였다. 사는 것 같지 않은 삶 속에서 영숙씨는 그런 남편이 밉고 또 미웠다. 그러나 남편을 미워한다고 해서 문제가 풀리지는 않았고 자신의 마음만 괴로웠다. 단지 아이들을 위해서 이를 악물고 참을 뿐이었다.

그런 나날을 보내던 영숙씨는 어느 날 문득, 조용히 기도를 하다가 마음에 미움을 담고 있으면 결국 자신만 힘들어진다는 것을 알게 되었고, 이후로 모든 것을 자신의 부덕함으로 돌렸다. 남편이 남편의 도리를 하지 않는 것은 남편의 몫이고, 자신에게는 자신의 도리를 다해야 하는 몫이 있다는 생각이 들면서 주어진 역할에 최선을 다하기로 마음먹었다.

그래서 남편이 어쩌다 집에 들어와도 짜증내는 기색 없이 맞아들이려고 애를 썼고, 자식들 앞에서도 남편을 미워하거나 흉보지 않았다. 또 언제나 자식들에게 아버지가 있음을 상기시키고 집을 자주 비우는 아버지를 미워하지 말라고 가르쳤다.

그렇게 지내던 어느 날, 무척 오랜만에 집에 돌아온 남편이 아침에 출근을 하려고 넥타이를 매고 있을 때 갑자기 큰딸이 그 곁을 지나가다가 넥타이가 양복 색깔과 어울리지 않는다며 아버지에게 넥타이를 골라주었다.

철이 들면서부터 아버지가 일 때문에 몇 달씩 집을 비우는 것이 아니라는 것을 알게 된 큰딸은 다른 집 아이들처럼 아버지의 정을 느끼고 싶기도 했지만 마음속 깊은 곳에는 식구들을 외면하는데 대한 원망이 있어서 아버지가 들어와도 겨우 인사만 하곤 했었다.

그러나 그날은 그냥 스치고 말려다 '그래도 너를 세상에 있게 해주신 아버지이기 때문에 미워하는 마음을 가져서는 안 된다' 하고 항상 말씀하시던 엄마의 말이 순간적으로 떠올라 쑥스럽지만 용기를 내었다고 했다.

그날 저녁, 딸이 골라준 대로 넥타이를 매고 나갔던 남편은 오랜만에 일찍 돌아와 식구들과 저녁식사를 같이 했다. 자신도 모르는 사이에 훌쩍 커버린 딸의 의젓한 행동에 감동을 받은 남편은 그날을 계기로 가정의 소중함을 느끼고 그간의 방탕한 생활을 접고서 집으로 돌아왔다.

아버지가 집으로 돌아온 모습을 보면서 영숙씨 딸은 엄마를 자랑스러워 했다. 예전에 엄마가 아버지를 미워하지 말라고 할 때는 그런 말을 하는 엄마까지도 때로는 원망스럽게 느껴지고 엄마가 왜 그렇게 사시는지 이해가 가지 않았는데, 이제는 엄마의 가르침을 알겠다며 이 세상에서 엄마를 가장 존경한다고 했다.

영숙씨가 만약 남편에 대한 원망으로 평생을 한탄하면서 자식들의 가슴에 미움을 심어주었거나, 아니면 이혼이라도 해서 아이들을 어느 시설에 보냈다면 식구들은 행복해지기 어려웠을 것이고 자식들 또한 세상을 비관하고 비뚤어지게 성장할 수도 있었을 것이다.

점점 각박해지는 사회가 그나마 굴러가고 있는 것은 사회의 이면에서 자신을 조금씩 희생하면서 삶을 아름답게 가꾸어 나가려는 사람들 때문이라고 하듯이, 영숙씨처럼 인고의 세월을 이겨내고 주변에 따뜻한 마음을 심는다면 그 덕은 결국 자신에게 돌아갈 것이며 더불어 아름다운 세상을 위한 밑거름이 될 것이다.

바람아! 멈추어 다오

아이가 태어나면서부터 바람을 피우기 시작한 남편을 붙들기 위해 온갖 방법을 다 동원해 보았습니다. 며칠씩 안 들어오면 뜬눈으로 밤을 새우며 기다리기도 했습니다. 남편은 제가 울면서 애원하면 매번 마지막이라는 변명을 하더니 이제는 아예 집을 나가버렸습니다.

통계자료에 의하면 우리나라 부부들의 이혼 사유로 가장 비중이 높은 것이 '성격 차이'이고 그 다음이 '배우자의 부정'이다.

이처럼 남편이 외도를 하면 대부분의 주부들은 엄청난 정신적 고통을 당하고 그 후유증을 이겨내기가 어렵다. 진상을 알아내기 위해 뒤를 밟거나 휴대전화 통화내역을 알아내는 등 뒷조사를 하고, 온갖 망상과 피해의식에 시달린다.

그러다가 사실로 드러나면 결국 충격으로 몸져눕고 종국에는 가정파탄까지 가는 경우가 허다하다.

경애씨도 남편의 외도로 어지간히 속을 썩고 살았던 여성이다. 남편이 바람을 피울 때 미행을 해서 여관까지 따라가 보기도 했고 며칠씩 울며 매달려 보기도 했다. 그때마다 남편은 폭력을 휘두르기도 하고 그런 적이 없다고 잡아떼기도 했다.

그런가 하면 매번 마지막이라고 하면서 다시는 안 하겠다는 말을 하기도 해서, 경애씨는 반신반의하면서도 언젠가는 청산하겠지 하는 기대를 하면서 아이들을 위해 참고 살아왔다.

그런데 남편은 결국 둘째아이가 세 살이 되었을 때 아예 가족을 버리고 집을 나가 버렸다. 부부간에 남은 정이라고는 없었다고 생각했지만 막상 남편이 집을 나가 버리자 경애씨는 자신이 버림받았다는 사실이 큰 충격으로 다가왔다. 집에 있는 돈이란 돈은 남편이 다 들고 나가 버리는 바람에 당장 아이들과 먹고 살아갈 일이 막막했다.

처음에는 며칠이면 돌아오겠지 하면서 기다렸지만 남편은 오지 않았다. 그런 남편이 한없이 밉고 원망스러워 눈물만 흘리고 있다가, 아이들의 행복을 위해 가정을 깰 수 없다는 판단이 서자 경애씨는 어느 순간부터 남편에 대해 포기하는 마음이 생겼다. 경애씨 자신이 부모의 이혼으로 고아원에서 어두운 어린 시절을 보냈기에 아이들만큼은 죽어도 그 전철을 밟게 하고 싶지 않았기 때문이다.

'그래, 너는 네 인생 살아, 난 내 인생 살 테니' 하는 생각과 함께 '내가 아무리 울고 속상해 해봐야 달라지는 건 아무 것도 없어.

차라리 그럴 기운이 있으면 더 열심히 살아야지. 암, 그렇고 말고.'

하루에도 수 십번씩 자신을 달래면서 마음을 다스렸다. 평생 남편만 바라보고 살 것이 아니라 자기 스스로 일어서야겠다는 생각으로 직장을 찾았고, 결국 보험설계사 일을 시작했다.

경애씨는 이를 악물고 일을 배웠다. 날마다 많은 사람들을 만나고 부딪치면서 자신을 다듬어 가는 과정에서 점차 비관적인 생각들을 떨쳐버릴 수 있었고, 어느 정도 경제적인 능력도 생기면서 생활이 안정되었다. 정성을 기울인 만큼 아이들도 잘 자라고 있었다.

그런데 그 무렵, 바깥 생활에 시들해진 남편이 돌아왔다. 그는 그 동안의 방탕한 생활을 접고 이제는 새롭게 출발하고 싶다며 받아달라고 애원했다.

혹시라도 남편이 돌아오면 아이들을 위해서라도 멋지게 받아주겠다고 다짐을 했었건만, 막상 현실로 닥치자 생각처럼 쉽게 되지 않았다. 마음에 응어리진 미움 때문에 도저히 남편을 용서할 수가 없었던 것이다. 이렇게 돌아올 걸 왜 진작 마음을 잡지 못했는지 원망하는 마음이 가라앉지 않았고, 차라리 지금이라도 남편이 없는 셈치고 이혼을 해서 아이들을 키우고 살까 하는 생각에 잠을 설치기도 했다.

그러나 그동안 아이들이 아빠를 찾을 때마다 외국에 돈을 벌러 갔다고 속여왔는데 3년 만에 아빠를 만나서 좋아하고 행복해 하는 아이들을 보면 차마 결단을 내릴 수가 없었다.

어차피 애들 때문에 지금껏 참아온 것이니 아이들에게 아버지를 찾아주자고 결심을 해도 그것은 머릿속의 생각일 뿐, 마음의 상처는 아물지 않았다.

'이건 아니야. 그동안 내가 어떻게 살았는데…. 이렇게 쉽게 받아줄 순 없어.'

생각은 하루에도 수십 번씩 바뀌었다.

그러던 어느 날, 경애씨는 평소 다니던 사찰을 찾았다. 속이 상하거나 울적해지면 으레 찾아가서 하소연하던 스님을 뵈러 간 것이다. 남편이 다시 돌아왔다는 이야기를 하자 스님은 웃으며 반겼다.

"어유, 그거 반가운 소리네요. 잘 됐습니다. 그동안 보살님께서 하신 기도가 헛되지 않았나 봅니다. 이제 행복한 가정을 꾸리시는 일만 남았네요."

"그런데 스님, 마음이 편치 않습니다. 머릿속으로는 지난 일은 다 잊자고 다짐하는데도 불현듯 화가 치밀어 오를 때가 많아서 괴롭습니다."

"선뜻 받아들이기가 쉽지 않겠지요. 하지만 남편께서 자신의 잘못을 뉘우치고 있다면 보살님이 너그럽게 받아주셔야지요. 부부는 깊은 인연으로 맺어진 사이입니다. 오랜 세월을 윤회하면서 나고 죽는 동안 보살님과 남편 사이에 주고 받은 많은 인과가 있을 테지요. 지금 당하는 일도 따지고 보면 어느 때인가 보살님께서 남편께 진 빚을 갚느라 그런 것일 겁니다. 주는 것이 있으면 언젠가는 받게 되어 있습니다. 지금이 힘들어서 피하면 다음 생에는 더 큰 고통을 받습니다. 그 점을 깊이 생각하셔야 합니다. 어차피 부부도 인연으로 만나 서로간에 갚아야 할 것이 많은 사람들 중에 하나입니다. 남편이 남편된 도리를 하거나 못하거나 하는 건 전적으로 남편의 소관입니다. 남편이 잘못한다고 해서 부인이 거기에 맞춰 마음을 움직이다 보면 나쁜 인연의 줄이 굵어지기만 합니다. 어떠한 상황에 닥치더라도 자신이 맡은 역할을 묵묵히 하다 보면 서로의 악연이 풀리고 괴로움도 많이 줄어듭니다. 보살님이 먼저 진심을 보이시면 남편도 고마운 마음에 더 잘해주실 겁니다. 굳이 윤회니 인연이니 따지지 않더라도 서로 사랑과 용서를 주고받기에도 짧은 게 인생 아닙니까?"

스님의 말씀을 완전히 납득할 수는 없었어도 경애씨는 뭔가 가슴 한구석이 시원해지는 것 같았다.

스님을 뵙고 온 뒤로 경애씨는 그 동안 직장생활을 하느라 중단했던 새벽기도를 다시 시작했다. 스님의 말씀을 가슴에 새기면서 그분이 권한 대로 시간이 나면 조용히 참선도 했다. 마음이 차츰 제 자리를 찾았다.

경애씨는 신혼여행 때 찍은 사진을 다시 텔레비전 위에 꺼내 놓았다. 남편 입을 옷도 사고, 주말에는 가족 나들이를 하면서 마음을 돌려보고자 애썼다. 그러던 어느 날, 문득 참선 중에 마음 한쪽에서 들려오는 소리가 있었다.

'너는 과연 결혼생활에 최선을 다했니?'

전혀 생각지도 않은, 자신을 향한 물음이었다. 결혼 초 자신의 모습이 떠오르면서 자신도 모르게 눈물이 흘러 내렸다. 모든 것에

서툴기만 했던 경애씨는 시댁 식구들과도 잘 어울리지 못하고 문제가 생기면 다 남편 탓이라고 대들었고 자신은 조금도 고치려 들지 않았다. 오히려 형편이 어려운 시댁 때문에 언쟁을 할 때면 '어쩌다 당신 같은 사람을 만나서 내가 이 고생을 하고 있는지 모르겠다'며 남편을 향해 악담을 퍼붓기도 했던 것이다.

미처 발견하지 못했던 자신의 못된 면들을 돌아보게 된 경애씨는 소름이 끼치는 느낌을 받았다. 전생에 죄가 많아 이런 일을 겪는다고 스스로 반성을 한 적도 있지만, 그런 자신의 모습을 보고 남편이 마음을 잡지 못했을지도 모른다는 생각이 스쳐갔다. 결국 문제의 원인이 자신에게 있었는지도 모른다고 생각하니 남편을 향한 원망이 줄어들었다.

'바라던 대로 남편이 돌아왔는데 무슨 불평을 늘어놓고 있었던가. 인간의 욕심은 끝이 없구나. 이미 지나간 시간에 붙들리는 것은 어리석은 짓이다. 과거야 어찌 되었든 중요한 것은 현재다. 이제부터라도 다시 시작하는 기분으로 살아야겠다.'

이렇게 새로운 각오를 하면서 경애씨는 마음의 안정을 되찾았다. 한때는 말 못할 어려움을 겪었지만 그녀에게 이제 그런 것들은 한낱 지나간 얘깃거리에 불과하다. 경애씨는 남편을 잃지 않고 가정을 지키기를 백번 잘했다고 생각한다.

남편도 예전과는 달리 가정에 충실해졌고 아이들에게도 아버지로서 최선을 다하려고 노력하고 있다. 무엇보다도 미움과 원망하는 마음이 사라진 것이 경애씨는 기쁘고 행복하다.

3장 누구나 꿈꾸는 행복을 위하여

결혼! 할까 말까

10년 전만 해도 흔히들 20대가 지나기 전에 당연히 결혼을 해야 된다고 생각했지만 요즘에는 독신을 주장하는 여성들이 점점 늘어나고 있는 추세다.

예전과는 다르게 학교를 마치면 결혼을 하기보다는 직장생활을 하고 싶어하는 경향이 있다 보니 자연히 결혼이 늦어지거나 아예 결혼 자체를 기피하고 자신만의 삶을 즐기려는 현상이 나타나고 있는 것이다. 더욱이 사회적으로 직장을 갖고 있는 기혼 여성들에 대한 배려가 아직은 부족한 탓에 직장여성들이 결혼을 뒤로 미루고 있는 경우도 적지 않다.

그렇지만 우주가 음양으로 이루어져 있듯이 남자와 여자가 만나 자연스럽게 가정을 이루고 그 속에서 하나가 되어가는 것이 우리

네 인생 과정이라면, 결혼은 그냥 지나칠 수 없는 자연의 법칙일지도 모른다.

결혼을 하면 좋든 싫든 주어지는 의무가 있고 맡아야 할 역할들이 많은 것이 사실이다. 아무리 사랑하는 사람끼리 산다고 해도 때로는 깊은 고통을 이겨내야 하는 어려움도 있다. 하지만 만약 그런 것이 싫어서 단지 세상을 편하게 살고 싶은 마음에 결혼을 하지 않으려고 한다면 아마도 자기 스스로가 더 발전할 수 있는 기회를 놓치는 것이 아닐까 싶다.

결혼하기 싫어하는 마음을 자세히 들여다보면, 혼자 살면 걸리는 것 없이 편한데 굳이 결혼해서 힘들게 남편 시중을 들어주고 아이를 키워야 되고 혹은 전혀 피도 안 섞인 시댁 식구들을 봉양하면서 살아야 하는 것들을 귀찮게 여기는 심리가 깔려 있기 십상이다. 결국 자기의 육신만을 편하게 하고자 하는 생각이 강하기 때문에 결혼을 안 하려고 하는 것이다.

미혼 시절에 누구나 한 번쯤은 아름다운 독신을 꿈꾸기도 한다. 어떠한 구속도 없이 자유롭게 혼자 살아 보면 어떨까 하는 생각이 당연히 들 수 있다.

나도 결혼 전 한때는 그런 생각들로 혼자 살겠다고 고집을 피워서 부모님의 애를 태운 적이 있다. 그런가 하면 결혼 후 고부갈등으로 힘들었던 몇 년 동안은 미혼인 후배들을 만나면 무조건 혼자 살 것을 권유하던 적도 있었다. 결혼하는 순간 좋은 시절은 끝이 난다고 고개를 저으면서 말이다. '결혼을 하지 않았으면 편하고 자유로웠을 텐데…' 하는 생각에 고생을 사서 하고 있다는 느낌을 지울 수가 없었던 것이다.

그러나 고부간의 갈등을 겪어낸 뒤론 마음의 고통을 걷어내고 나니 결혼은 자신의 인생을 좀더 성숙하게 만드는 하나의 과정이라는 생각이 든다. 만약 결혼하지 않았더라면 나는 혼자만의 삶을 즐기면서 타인에 대한 배려는 눈곱만큼도 없고 오로지 내 자신의 편안함만을 추구하는 삶을 살았을 것이다.

우리 주변의 자연을 둘러보면 작은 미물에서부터 조그마한 초목까지 나름대로의 방식으로 짝을 짓고 분신을 남기고 죽는다. 어찌 보면 그것이 생명체로서 이 세상에 태어나 해야 될 가장 기본적인 일이 아닐까 싶다.

그렇다고 모든 사람에게 이런 법칙이 적용되는 것은 아니어서 예외는 있을 것이다. 하지만 단지 자신의 편안함을 위해 결혼을 하지 않는다는 것은 아무리 사회적으로 지위가 높은 사람이라도 결국 반쪽짜리 인생을 산 것이 될 듯하다.

많은 사람들을 위해 일을 하다가 혼기를 놓쳤거나, 더 큰 봉사를 하기 위해 결혼을 못한 경우가 아니고 그저 자신의 인생이나 편하려고 결혼을 하기 싫어한다면 그것은 하늘이 스스로 발전하라고 주는 기회를 포기하는 일일지도 모른다.

한순간의 선택

'순간의 선택이 10년을 좌우한다' 는 광고가 한때 유행이었다. 결혼한 사람들은 이 문구를 인용해서 순간의 선택이 평생을 좌우한다며 처녀 총각들에게 우스개 소리를 많이 했다. 그만큼 배우자의 선택은 신중을 기해서 해야 한다는 결혼 선배들의 충고였다.

미혼 시절, 백마 탄 왕자님이 나타날 것 같은 꿈에 젖어서 꽤나 신랑감을 고르고 있던 나에게 외할머니께서 이런 말씀을 하신 적이 있다.

"신랑감을 선택할 때 밖에서 잘하는 남자보다 가정적으로 보이는 남자를 골라야 한다. 남자가 술을 너무 좋아하고 사람 만나기를 좋아하면 같이 사는 여자가 피곤할 수 있다. 그저 너무 가볍지 않고 가정적으로 보이는 평범한 사람이 재미는 좀 떨어질지 몰라도 여자 하나는 마음고생 시키지 않고 살 거다."

밖에 나가서 잘하는 사람은 그만큼 가정에 소홀하기가 쉽다는 얘기였다. 다른 사람들한테는 싹싹하고 매너 있게 잘 하는 사람들이 사회생활에만 치중을 해서 가정생활은 소홀히 하기 쉽다는 것이었다.

더구나 술을 좋아하고 사람 만나기를 즐기는 남자는 퇴근 후에 일찍 들어오기가 쉽지 않고 때에 따라서는 그것이 유혹적인 상황으로 연결이 될 수도 있다는 말씀이었다. 그런 남자를 선택해서 평생을 마음 졸이고 사느니, 겉으로는 별 매력이 없는 것 같지만 뭔가 진지해 보이고 뜸을 들이는 것 같은 남자가 살기에는 편하다는 얘기였다.

그러나 미혼 시절에는 그런 소리가 제대로 들리지 않는다. 결혼 후에야 어찌 되었든 우선 당장은 매너 있고 싹싹하고 듣기에 좋은 소리만 골라서 하는 남자가 근사해 보이고 관심이 가는 것이 사실 아닌가. 오로지 나를 위해서만 존재할 것처럼 행동하는 남자에게 마음이 더 끌리는 것이 당연하다.

당시에는 한 귀로 흘려 버렸는데 살아가면서 외할머니의 말씀이 맞다고 생각하게 되었다. 술을 좋아하고 놀기 좋아해서 누구와도 잘 사귀며 사람 좋기로 소문난 남편들이 오히려 가정은 소홀히 해서 문제가 되는 경우가 왕왕 있다.

평일에는 직장일을 핑계로 늦고, 주말에도 모처럼 식구들과 시간을 보내기는커녕 없는 약속을 만들어서 나가는 남편들이 있다.

그렇다고 무조건 정시 퇴근만 고수하고 휴일에도 집에만 있으려고 하는 남자가 최고라는 말은 아니다.

사람 사귀기를 좋아하는 남성들은 처음 만나 호감이 가는 여성들에게도 마치 모든 것을 다해줄 것처럼 행동할 수 있다. 여성들은 흔히 조그마한 것에도 감격을 잘한다. 그래서 꽃이나 남자의 조그만 선물, 달콤한 말에 감동한다.

그러나 연애 시절에 매일같이 꽃을 사다 주고 금방이라도 모든 것을 다해줄 것처럼 말하는 남자보다는, 비록 사랑 표현도 거의 못하지만 묵묵하게 사랑하는 사람이 평생을 살기에는 더 편안할 확률이 많다는 것이다.

쉽게 닳아 오른 냄비가 쉽게 식는다고 했다. 미혼 여성들이 배우자를 선택할 때 이런 점을 생각해 보는 것도 필요할 듯싶다. 너무 쉽게 달콤한 말로 사랑을 속삭이는 사람보다는 좋아한다는 표현을 잘 하지 못해도 진정으로 묵묵하게 사랑을 전하는 사람이 오래도록 자신의 아내를 지켜줄 수 있기 때문이다.

그리고 미혼 시절에 많은 남자를 만나볼 수 있었으면 좋겠다. 그렇다고 문란한 생활을 하라는 뜻은 결코 아니다. 폭 넓은 사회생활과 대인관계로 사람 보는 눈을 길러두는 의미에서 필요하지 않을까 싶다. 굳이 연애까지 가지 않아도 주변에 남자친구들이 많은 것도 괜찮다고 생각한다.

결혼생활이 힘들어 각종 매체를 통해 고민을 털어놓고 상담을 하는 사람들의 이야기를 보면 의외로 많은 여성들이 남자들의 성

향에 대해서 잘 알지 못했거나 혹은 처음 만난 남성이 베푸는 호의에 성급한 판단을 내리고 있음을 알 수 있었다.

첫단추를 잘못 끼우면 평생을 고생할 수 있다. 달콤한 말로 유혹하는 상대에게 성급하게 넘어가면 자신의 의도와는 달리 인생이 엉뚱한 방향으로 흘러갈 수도 있다. 그러기에 많은 남성들을 보면서 자기하고 잘 어울릴만한 배우자를 찾을 수 있으면 더욱 좋을 것이다.

멋있는 여자

남성이냐 여성이냐 하는 논란을 몰고 오면서 일약 스타로 떠오른 연예인이 한동안 화제가 된 적이 있다. 여성이 되고 싶었던 남성이라…. 그러고 보니 나도 그런 비슷한 열망에 사로 잡혔던 시절이 있었다.

생활의 대부분이 엄격한 규율과 통제로 일관되던 여고시절을 마치고 시작한 대학생활은 그야말로 나에게 자유로운 세상을 열어주는 듯했다. 특히 새로운 느낌을 주었던 것은 바로 남학생들과의 자연스러운 어울림이었다.

여고시절엔 지나는 남학생과 시선도 마주치면 안 될 것 같은 분위기 속에서 지내다가 미팅을 수십 번씩 해도, 마음에 드는 남학생이랑 데이트를 해도 누구 하나 뭐라고 하지 않는 대학 새내기 시절은 그때까지 경험하지 못한 자유의 참맛을 맘껏 누릴 수 있는 시절이었다.

남학생들과 잔디밭에 둘러앉아 자유롭게 이야기를 나누고, 해가 지도록 막걸리 잔을 부딪치며 치열한 논쟁에 열을 올리기도 하고 때로는 어깨동무를 하고 '아침이슬' 을 불러대던 그 시절, 굳이 내가 여성이고 그들은 남성이라는 것을 인식할 필요가 전혀 없어 보였다. 모든 여성과 남성은 동등하게 존중되어야 하며 어떤 경우에도 여자라는 이유만으로 차별을 당할 수는 없다는 생각이 가득했다.

그러나 대학을 마치고 직장생활을 하면서부터 여자라는 벽에 부딪쳤다. 그 벽은 종종 나를 거의 숨막히는 지경으로 몰아갔다. 단지 여성이라는 이유로 남성보다 무능력하게 평가되는 것이 사회생활의 현실이었다.

결혼을 하고 나서도 상황은 다르지 않았다. 가끔씩은 내가 사랑이라는 미명 하에 고용된 가정부가 아닌가 하는 생각을 할 정도로 나는 혼란스러웠다.

'내가 남자였으면 얼마나 좋을까? 그러면 이렇게 힘들게 살지는 않았을 텐데.'

여성이라면 누구나 골백번은 더 해봤음직한 생각을 수없이 했다. 벗어날 수만 있으면 벗어나고 싶었다.

그러나 천지가 개벽을 해도 지금 당장 내가 남성이 되는 방법은 없었다. 오히려 분노와 피해의식은 나를 점점 더 불행하게 만들 뿐이었다. 그런데 그 '여성'은 자연이 내게 준 선물이며 더없이 절묘한 자연의 조화 가운데 하나라는 걸 알게 된 것은 불과 얼마 되지 않는다.

자연이 정확한 질서를 유지하는 힘은 어디에서 나오는 것일까. 바로 셀 수 없이 많은 세상 만물이 자기 자리를 지키고 있기 때문이 아닐까. 하늘에 해가 있고 땅에는 햇빛을 받고 사는 나무가 있으며 그 아래 작은 풀포기, 조그만 벌레들이 숨쉰다. 그리고 그 밑에는 눈으로 볼 수도 없는 작은 미물들이 꼬물거리며 살고 있다. 어느 것이 위대하고 어느 것이 하찮다 하겠는가.

만일 지렁이나 박테리아 같은 것들이 하늘의 해가 되겠다고 제 할 일을 하지 않는 사태가 벌어진다면 상상할 수조차 없는 엄청난 혼란이 올 것이다.

남성과 여성이라는 역할도 거대한 자연의 틀 속에서 보면 없어서는 안 될 중요한 균형이다. 균형이 깨지면 어느 한 쪽도 바르게 살 수가 없다.

사회적으로 여성들이 불리한 위치에 있는 것은 사실이지만 그 불리함을 없애기 위해 무조건 남자와 똑같아야 된다는 사고방식은 곤란하다고 생각한다. 한때는 그걸 벗어나고 싶어하고 비관하기도 했지만 어떻게 해도 남자와 똑같아질 수는 없었다.

나는 이왕 여자로 살려면 아주 멋있는 여자가 되어야겠다는 생각을 했다. 많은 사람들이 내가 가진 아름다움에 눈이 부실 정도로 우아함을 지닌 여자로 말이다.

물론 그 우아함은 겉모습에 있지만은 않다. 오히려 내부의 향기가 그윽하게 흘러나오는 아름다움이어야 하고 세월이 가면 갈수록 빛이 나는 그런 것이어야 할 것이다. 나 혼자가 아닌 많은 사람들이 행복해질 수 있는 아름다움을 갖고 싶다.

마치 무대에 선 배우가 오늘은 일곱 난쟁이 중의 하나였으나 내일은 왕자가 되기도 하는 것처럼, 여성이라는 이름은 그저 내가 이번 생에 하늘로부터 맡게 된 배역일 뿐이다. 그러기에 나는 삶의 면면이 아름다운 여자가 되어야 한다는 결론에 도달했다.

인생은 한편의 연극과 같다고 한다.

연극을 위해 무대에 선 배우라면 정말이지 나는 최고의 배우가 되고 싶다. 왕자 역을 맡고 싶다고 난쟁이가 왕자의 대사를 외고 있을 수 없는 것처럼, 여성의 자리를 지키는 것이 어렵고 힘들다고 피하려고만 한다면 세상의 반쪽으로 태어난 의무를 게을리 하게 되는 것이다. 자연에 순응하면서 자신의 역할에 최선을 다할 때 우리는 우렁찬 갈채를 받으며 무대를 내려올 수 있을 것이다.

속 좁은 여우

인터넷에서 동문 찾기가 한참 유행이었을 때, 남편은 겨우 컴맹 수준을 벗어난 나를 한 동문 사이트에 가입시켜 주었다.

그건 굳이 해서 뭐하느냐고 묻는 나에게

"혹시 누가 알아? 옛날 남자친구라도 찾게 될지. 재미있을 것 같지 않아?"

하면서 남편은 웃었다.

과연 인터넷의 위력은 대단했다. 정말 기억이 가물가물한 친구들, 멀리 사는 친구들까지도 사이버 공간에서 만날 수 있었다.

그 중 대학 졸업 후 소식이 끊긴 한 친구가 인터넷에 올려놓은 메일 주소로 편지를 보내 왔다. 같은 과에, 같은 동아리 활동을 했던 여자 친구였는데 그동안 결혼하고 애들 키우느라 정신없이 살다 보니 서로 소식이 끊겼다.

'얘, 그동안 잘 지냈니? 어떻게 살았니? 애는 몇이야? 지금 어디 살고 있니? (중략) 얼굴 한 번 보자. 연락 좀 해라. 그런데 너 아직도 공주처럼 살고 있니? 예전에 너 공주병이 약간 있었잖아'

'뭐야, 얘는 편지를 뭐 이렇게 썼어? 공주병이라니?'

모처럼 소식을 전해온 친구가 반가워서 메일을 열었다가 나는 기분만 상했다. 내 기분을 예상이라도 했는지 친구는 에러가 난 것 같다며 뒷부분은 삭제하고 조금 뒤에 다시 메일을 보내 왔다. 다시 받은 메일을 보면서 나는 '응, 너도 아직 컴초보구나. 이미 메일이 뜬 것을 모르는 것 보니' 하고 킥킥거리며 웃었다.

그러나 그것도 잠시, 내게 공주병이 있었다던 친구의 말에 난 곰곰이 생각에 잠겼다. 맏딸로 태어나 부모님의 기대와 관심으로 온실 속의 화초처럼 자라다 보니, 자기 주장이 강하고 콧대는 높을 대로 높아서 기고만장한 면이 많았던 지난날의 내 성격이 떠올랐다.

돌이켜보면 대학시절 내 눈은 머리 꼭대기에 달려 있었고, 모든 남학생이 내 발 아래로 보였다. 주변에 추근거리는 남학생들이 있어도 눈 하나 깜짝 안 하고 도도하게 굴던 나였기에 친구 눈에는 다분히 공주병이 있는 걸로 보였을 것이다. 상당 부분 마치 내 위에는 사람이 없는 것처럼 착각하고 살았던 듯싶다. 하지만 비록 교만함이 돋보였을지는 모르지만 그래도 순수함은 남아 있었던 걸로 기억한다.

그 알량한 순수함마저 잃어 버리게 된 것은 바로 직장생활을 시작한 뒤부터였다. 말단 여직원에 불과했지만 거의 전 직원을 대하는 자리에 4년 가까이 있으면서 사람들의 이기적인 면과 치사한 면에 크고 작은 마음의 상처를 받았다. 그리고 서서히 조직사회에 물들어 가면서 언제부터인가 나도 변하기 시작했다.

적당히 이리저리 머리 쓰면서 위기를 넘기는 법도 배웠고, 또 그것이 세상을 가장 잘 사는 법이라고 믿기도 했다. 나는 다분히 여우가 되어가고 있었다. 겉으로는 안 그런 척, 속내는 비치지도 않으면서 자기의 손익계산을 철저히 하는 그런 여우 말이다.

더구나 결혼 후에는 시어머니와 남편 사이에서 내 자리를 찾아야 된다는 생각에 점점 지능적인 여우가 되었다. 그게 현명하게 결혼생활을 잘 꾸려 나가는 방법이라고 믿었기 때문이다. 시어머니와의 부딪침이 늘어날수록 나는 손익계산을 하면서 적당히 머리를 굴려 가며 살았다.

시어머니가 집에 오시면 언제쯤 가실까를 미리부터 머릿속으로 분주히 계산을 했고, 겉으로는 웃으며 맞이하지만 마음속으로는 하루라도 빨리 가셨으면 하는 생각을 무수히 했다.

그런가 하면 집안에 무슨 행사라도 생기면 어떻게 해서든지 이리저리 빠져나갈 궁리부터 했고, 내 뜻대로 되지 않았을 때는 남편한테 화를 내기도 했다. 시어머니 생신이나 시아버지 기일이 돌아오면 갑자기 몸이 아프다고 하거나 아니면 갖은 핑계를 대서라도 조금이라도 일을 적게 하고 적당히 빠져나갈 궁리만 했다. 외며느리인데도 불구하고 시어머니가 싫었고, 내 몸이 힘들어지는 게 싫었기 때문이다.

시댁에 가도 마찬가지였다. 조금이라도 더 있으면 큰일 나는 것처럼 때로는 아이가 컨디션이 좋지 않다는 이유로, 때로는 내가 몸이 아프다는 핑계로 저녁만 먹으면 '조금 더 있다 가자' 는 남편의 말을 무시하고 일어서기가 일쑤였다.

그러면서 세상을 현명하게 살고 있다는 착각에 빠져 있었다. 명절 때는 어떡하면 빨리 끝내고 친정에 갈 수 있을까 하는 궁리를 하느라, 우리 식구들이 친정으로 가고 나면 혼자 남아 명절의 나머지 시간을 보내야 하는 시어머니의 외로움 같은 것은 머릿속에 들어오지도 않았다.

나는 그런 여우였다. 그때그때 약삭빠르게 머리를 회전시켜 최대한 내 쪽으로 이익을 뽑아내는 속 좁은 여우였다. 상대에 대한 배려 같은 것은 눈곱만큼도 없었다. 나 하나 편하면 그만이라는 이기적인 생각이 가득했었다.

하지만 그런 여우 같은 모습은 내 인생을 조금씩 갉아먹기 시작했다. 시간이 흐르면 흐를수록 여우 같은 행동은 나에게 행복이 아닌 마음의 불편함과 괴로움을 안겨줄 뿐이었다. 갈수록 시어머니와의 관계가 멀어져서 결혼생활을 더 이상 버틸 수가 없을 지경이 되었기 때문이다.

그러나 그 무렵 닥쳐온 외할머니의 죽음 앞에서 커다란 충격을 받은 뒤로 많은 것을 생각하게 되었다. 무슨 수라도 내지 않으면 더 이상 살 수가 없을 것 같은 절박한 심정이었을 때, 외할머니의 죽음이 나로 하여금 인생이 허무하다는 생각이 들게 한 것이다.

'죽으면 다 놓고 가는 이 삶을, 내가 왜 그렇게 허덕이며 살고 있었을까.'

여우처럼 머리를 굴리고 최대한 이기적으로 살아본들, 살면서 몸은 편할지 몰라도 삶의 끝에 섰을 때는 황폐해진 마음만 가져갈 수 있다는 것을 알게 되었고, 그동안 진실하게 살지도 못했고 마음 그릇 또한 어지간히 작았다는 것을 깨달았다.

이제는 진정으로 상대를 위할 줄 알고, 지혜로우며 마음의 빛이 나는 사람이 되기 위해서, 진실하지 않았던 여우의 탈을 벗어 던지기 위해서 오늘도 노력하면서, 예전에는 미처 몰랐던 행복함을 조금씩 맛보고 있다.

시금치도 싫어요

결혼한 여성들 중에는 부부간의 갈등도 갈등이려니와 시댁 식구들과의 갈등으로 고생을 하는 경우가 많다. 그러다 보니 언제부터인가 아줌마들 사이에서 '시'자가 들어간 건 '시금치'도 쳐다보기 싫다는 말이 나올 정도로 시댁과의 관계에 애를 먹고 있다.

이처럼 많은 며느리들이 골머리를 앓고 있는 시댁 식구들과의 문제를 과연 어떻게 풀어야 좋을까?

누구는 머리를 잘 써보라고 하고 누구는 정면대결을 해보라고 하고, 누구는 아예 포기하라고까지 권한다. 즉, 시댁 식구들에 대해 아예 관심도 두지 말라는 것이다. 그렇지만 이런 방법들은 일시적으로 편안함을 가져다 줄지는 몰라도 마음 한구석에 석연치 않은 기분을 남겨놓을 때도 있고 때로는 갈등의 골을 깊게 만들기도 한다.

나의 경우도 시댁에 가는 횟수를 줄여보면 갈등이 줄어들까 하는 생각에 이 핑계 저 핑계를 그럴싸하게 꾸며대서 일주일에 한 번씩 가던 것을 한동안 뜸하게 가보기도 했고 때로는 시어머니께 목소리를 높여 대들어본 적도 있었지만 내가 얻을 수 있었던 것은 아무 것도 없었다. 오히려 고부간의 갈등만 더 심각해질 뿐 해결될 기미는 전혀 보이지 않았다.

그렇게 고부갈등으로 점점 지쳐갈 무렵, 이웃에 사는 한 아주머니가 나에게 이런 충고를 해주신 적이 있었다.

"나도 젊었을 때 시어머님이나 시할머니께서 구박하시면 그 분들이 밉고 부담스럽기만 했는데, 내가 누군가를 미워하면 그 마음으로 인해 나만 힘들어진다는 걸 알게 됐어. 그래서 미워하는 것보다는 차라리 내가 그분들을 이해하려고 노력하고 배려해야겠다고 생각하고 행동하니까 그게 더 마음이 편해지더라구. 자기가 먼저 이해하려고 노력해 봐. 다른 방법 없어."

아주머니는 안타까운 시선으로 나를 바라보며 진심어린 말씀을 해주었지만 제대로 귀에 들어오지 않았다. 그건 해결책이 아니라 나만 억울하게 손해 보는 것이라는 생각이 들었기 때문이다.

그러나 그 후로 언제부턴가 고부간의 갈등이 좀더 성숙된 인생을 살라고 하늘이 내게 준 선물이라는 생각을 하게 되면서 아주머니의 충고가 옳았다는 걸 알았다. 그나마 시어머니와 사이가 좋지 않았기 때문에 인생을 바라보는 눈이 달라졌고 다른 이들의 슬픔에도 가슴 아파 할 줄 알았던 것이다.

밉고 싫어서 피하려고 한들 부담스러운 시댁과의 관계가 풀릴 리 만무하다. 오히려 자신이 마음을 어떻게 먹고 행동을 어떻게 하느냐에 따라 불편한 시댁과의 관계는 얼마든지 개선이 될 수 있다.

언젠가 들은 이야기이다. 어떤 사람이 자기 집 옆에서 새로 빌딩을 짓는 소음에 밤낮으로 시달려서 건축업체에 여러 번 항의를 했지만 상황은 나아지지 않았다. 그런데 한동안 속을 끓이다 그 회사의 주식을 산 뒤로는 편안하게 잘 수가 있었다. 그 전에는 도저히 견딜 수 없었던 소음이 주식을 사고 난 뒤로부터는 주가가 쑥쑥 올라가는 달콤한 소리로 들렸다는 것이다.

소음이라는 외부적인 환경은 변하지 않았지만 편하게 잘 수 있게 된 것은 바로 그 사람 자신의 마음이 바뀌었기 때문이다. 그렇듯이 시어머니나 시댁 식구들이 변하지 않는 소음이라면, 그 소음을 대하는 내 마음을 바꿔 버리면 더 이상 마음이 괴롭거나 남들이 밉지 않게 된다. 모든 게 생각하기 나름이라고 하듯이, 내가 조금만 변하면 그 변화는 나한테 더 큰 이득이 되어 돌아온다. 무엇보다도 자신의 마음이 편해진다.

자신을 힘들게 하는 시어머니가 계시다면 그분에 대해 고마워해야 될지도 모른다. 만약 시어머니의 입맛이 까다로워 맞춰드리기 위해 열심히 요리를 배우고 연구하다가 한 10년쯤 살다 보면 어느새 요리에 대해서는 남다른 실력을 갖춘 사람이 될 수 있다.

참고 잘 배우면 모든 것이 다 본인에게 도움이 되듯이, 정신적인 것도 마찬가지일 듯싶다. 아이를 키울 때 칭찬만 하고 야단을 치지 않으면 아이를 망치듯이, 자신을 힘들게 하는 사람을 만나서 마음 고생을 하다 보면 가슴에 생각도 깊어지고 정신적으로도 성장할 수 있는 기회를 만날 수 있는 것이다.

지겟대의 원리

지난 가을, 청명한 하늘이 자꾸 눈길을 잡는 어느 아침이었다. 창을 활짝 열고 청소를 하고 나니 기분이 한결 상쾌했다. 따뜻한 차 한잔을 들고 오랜만에 한가로운 여유를 즐겼다.

문득 텔레비전 위에 놓인 가족사진이 눈에 들어왔다. 선한 눈빛의 남편이 유난히 눈을 크게 뜨고 있는 둘째아이를 안고 서 있다. 그 옆에 내가 큰아이와 다정히 손을 잡고 있고, 사진의 가운데에서는 시어머니가 웃고 계신다.

저 사진을 언제 찍었더라? 기억도 잘 나지 않을 만큼 몇 년이 지난 사진이다. 그러고 보니 저 사진 속에 왜 어머니가 한 가운데 턱 버티고 앉아 계신 거냐고 투덜거렸던 때가 언제인가 싶다.

지금은 저렇게 웃으시는 모습이 좋기만 한걸, 예전에는 그 표정을 보면 얄미운 생각이 얼마나 치밀어 올랐는지….

시어머니와 며느리라는 관계로 만나 한 가족의 울타리에서 지내면서 상대를 제대로 바라보게 된 것은 불과 몇 년이 되지 않는다. 아마 우리 고부간은 전생에서부터 깊은 인연의 끈이 맺어져 수도 없이 만났을 것이며 또 지금도 서로가 갚을 빚이 있어서 한 가족이 되었을 것이다.

그러나 그런 것은 염두에 두지도 못한 채 어떻게 하면 시어머니로부터 자유로워질 수 있을까 궁리했던 시간이 무척 길었다. 되도록 멀리 있었으면 하고 바랐고, 아니면 아주 안 보고 살 수 있었으면 좋겠다고 마음속으로 빌기도 했던 그런 못된 며느리를 어머니는 알고 계실까?

성격이 예민하고 까다로웠던 나는 옳다고 믿고 있는 생각에서 조금이라도 벗어난 사람은 포용을 하지 못했다. 게다가 좋고 싫은 게 너무 분명한 성격 때문에 더 심한 갈등을 겪었는지도 모른다.

시어머니의 행동들을 조금이라도 이해하려고 하기 보다는 '어쩌면 이럴 수가 있어? 이런 일은 결코 있을 수가 없어. 도저히 이해할 수 없어.'

하면서 매사에 불평하고 끝내는 미워하고 무시하기까지 했던 나였다. 심지어 주변에 홀어머니 외아들에게 시집가는 사람이 있으면 도시락을 싸 갖고 다니면서 말리겠다는 말도 서슴지 않았다.

그렇게 지독한 미움을 다 걷어내는 데에는 꽤 많은 세월이 필요했다. 그동안 고부간의 반목과 질시는 더 악화될 수 없는 상태까지

갔다. 견디기가 어려웠고 해결책을 찾기도 불가능해 보였다. 끝내는 이혼이 아니면 방법이 없다는 생각만 들었다.

그러나 이대로 물러서서 이혼녀 소리를 듣기는 싫다는 오기가 생겼고, 그렇다면 뭐가 되었든 한번 해보자는 악이 받친 심정이 되었다. 내가 이걸 극복하지 못하면 내 인생은 여기서 주저앉고 말 거라는 강박감이 때로는 나를 더 힘들게 했던 것도 같다. 내가 누군데, 왜 시어머니 한 사람 때문에 이렇게 불행하게 살아야 하는 거지? 왜 이 문제를 해결하지 못하고 전전긍긍하고 있는 거지?

그런데 어느 날 불현듯 스치는 생각이 있었다.

'이 미워하는 마음은 도대체 어디서부터 시작된 걸까. 어째서 나를 이렇게 괴롭히는 걸까.'

나는 생각에 빠져들었다. 잘 알지 못하는 인연에 대해 생각해보고, 아마 수많은 전생에서부터 인연의 고리가 만들어졌겠지 하는 짐작만 들 뿐 무슨 악연인지를 알 도리는 없었다.

그 무렵 나에게 좋은 이야기를 종종 해주시던 선배언니의 말이 생각났다. 언니 역시 홀시어머니를 모시고 살면서 어려움을 많이 겪었던 사람이라 가끔씩 찾아가서 조언을 얻곤 했었다.

"손바닥도 마주쳐야 소리가 나는 것처럼, 네가 괴로움을 받는 건 너도 그만큼 상대에게 괴로움을 주기 때문이야. 시어머니가 너를 미워하는 건 네가 그만큼 그분을 미워하기 때문이고, 시어머니가 아들 욕심이 심하다고 느끼는 건 네가 남편에 대한 집착이 강하기 때문이야. 잘 생각해 봐. 과연 너는 잘못이 없는지. 네 마음속은 깨끗하기만 한지."

선뜻 수긍하기는 어려웠지만, 손바닥도 마주쳐야 소리가 난다는 당연한 이치가 가끔씩 머리를 두드렸다. 시어머니와 마주치는 내 마음속의 손바닥은 무얼까? 그런 게 있다는 말인가?

나는 시어머니가 미워질 때마다 내 마음을 가만히 들여다보는 연습을 하면서, 점점 내 마음 안에 욕심과 교만이 도사리고 있는 것을 볼 수 있었다. 어머님의 일거수일투족이 마음에 차지 않고 '이왕이면 내 뜻대로 움직여주지 그걸 못하시나, 나 좀 편하게 해 주시지' 하는 마음이 바로 욕심이었다. 미움뿐이 아니라 은근히 무시하는 교만한 마음까지도 보게 되었다.

처음 있는 일이었다. 그동안 한 번도 내가 원인이 된다고는 생각해 보지 않았었다. 잘못이 있어도 그것은 전적으로 아들 욕심에 눈이 먼 어머님이 원인을 제공하신 때문이라고 믿어왔기 때문에, 나는 어머님의 공격을 방어하는 데도 힘겨웠기 때문에 나한테서 먼저 원인을 찾아야 한다는 생각은 할 수가 없었던 것이다.

적어도 나 정도면 착실하게 살고 있다고 믿었는데 그게 아니라는 생각이 들면서, 그렇다면 이제부터는 욕심을 버리고 한번 상대를 향해 아무것도 바라지 않겠다고 마음을 먹었다.

하지만 그게 어디 쉬운 일인가? 처음엔 어림도 없었다. 굳이 이렇게까지 살아야 되나 하는 생각도 들었지만, 문득 이것이 인과라면 내가 먼저 마음을 비우면 어떻게 풀려나가는지를 보고 싶었다. 그런 생각들이 나를 지탱하는 힘이 되었고, 하루하루 큰 바윗돌을 밀고 나가듯 마음을 밀고 나가면서 내 마음가짐도 아주 조금씩 조금씩 바뀌어 갔다.

마치 지게에 짐을 한 가득 실어 작대기를 대고 세워놓았을 때 지게작대기를 쓰러뜨리면 지게도 어김없이 쓰러지는 것처럼, 서로가 잡아먹을 듯 보이지 않게 으르렁대던 고부간의 갈등이 스르르 풀리기 시작했다. 내가 먼저 지게작대기를 쓰러뜨리니까 지게도 어김없이 쓰러지는 모습을 보니 바로 이거다 싶었다. 신기하게도 믿을 수 없을 만큼 간단하게 문제가 해결된 것이다.

이렇게 쉬운 것을 그동안엔 왜 몰랐을까. 왜 짐을 가득 지고 있는 지게더러 먼저 비키라고만 했을까. 내가 먼저 물러나면 그만인 것을.

방법을 찾은 내 스스로가 대견했다. 그만큼 신나는 일이었다. 미움의 지옥을 벗어난 기쁨을 무슨 말로 표현할 수 있을까. 마음을 꽁꽁 묶고 있던 사슬을 풀어 던져버린 기분이었다. 나뿐만 아니라 어머니도 남편도 그 고부갈등의 괴로움이라는 사슬을 훌훌 벗어버릴 수 있었다. 감사했다. 하나를 치우면 나머지 하나마저 사라지는 원리에 감사했다.

어떤 일이든 내 마음 안에 무엇이 있어서 그런가 하고 살펴보면 반드시 그 원인을 찾을 수 있는 것 같다. 상대가 어떤 행동을 해도 마음이 끌리지 않으면 언젠가는 상대도 포기하게 되어 있음을 나는 깨달았다.

물론 지금도 어머니께서 때때로 내가 싫어하는 말이나 행동을 하시면 옛날처럼 어머니가 미워지려는 마음이 슬며시 고개를 들 때가 있다. 그러면 그저 어머님의 그런 모습을 지켜본다. 그리고 이제는 속지 않으려고 한다. 내 마음에서 싫다 밉다 하는 생각은 들지 않고 단지 습이 아직 남았구나 하면서 한 생각 돌려버린다. 적어도 일시적인 미움에 매이지는 않으려고 한다. 거기에 매이면 내가 얼마나 괴로워지는가를 이제 안다.

지겟대의 작은 이치를 알았기 때문이다.

모든 것은 내 마음에

세상 사는 일이 모두 마음먹기에 달려 있다는 말들을 많이 한다. 나를 기쁘게 하는 것도 자신의 마음이고 슬프고 괴롭게 하는 것도 자신의 마음이라고 한다. 굳이 깨달음을 얻은 사람이 아니더라도 우리는 생활 속에서 가끔씩 모든 것이 마음먹기에 달려 있는 것을 볼 수가 있다.

막바지 더위가 한창이던 작년 8월말, 큰아이의 생일 며칠 전 시어머니께서 전화를 하셨다.

"이번 주말에 올 거니? 아범도 없는데 어떻게 할래?"

남편이 마침 해외출장 중이라 어머님은 아마도 내가 안 오겠지 하면서도 혹시나 하는 생각에 한번 물어보시는 듯했다.

그때 나는 몇 달 전부터 어머님이 큰아이에게 생일이 돌아오면 맛있는 것을 사준다고 약속했던 것이 떠올랐다.

"어머니께서 맛있는 것 사주신다고 해서 한성이가 잔뜩 기대하고 있는데요. 가면 안 될까요?"

"그래? 그럼 와야지. 와라. 내 맛있는 것 사줄게. 근데 아범도 없는데 오려면 애들하고 힘들지 않겠니?"

"차 갖고 가는데요, 뭐. 괜찮아요. 대신 오전에 갈게요. 밤 운전은 아직 자신이 없거든요. 점심 먹고 오후에 올게요. 어머니, 맛있는 점심 사 주세요."

"그래 알았다. 맛있는 것 사 주마. 그럼 그때 보자."

어머니는 며느리 입에서 뜻밖의 대답을 들어서인지 내심 기분이 좋은 눈치였다. 전화기 너머로도 그게 느껴지니 말이다. 아들도 없는데 며느리가 애들을 데리고 더위 속에 올까 싶으셨던가 보다.

그래! 예전의 나라면 어림도 없는 일이다.

주말이면 어김없이 해야 하는 시댁행차를 좋아할 며느리는 별로 없을 것이다. 나 또한 예전에는 단지 의무감에서 간 것인데다 시어머니가 미우면서도 남편 때문에 할 수 없이 갔었기에, 남편도 없는데 시댁에 간다는 건 예전의 나로서는 있을 수 없는 일이다. 오히려 안 갈 수 있는 핑계거리가 생겼다고 좋아했으리라. 그리고 시어머니도 내심 나의 그런 계산을 읽었을 것이다.

아이의 생일날 어머님은 약속대로 맛있는 점심을 사 주셨다. 점심을 먹고 시댁에 돌아와 아이들은 할머니와 때 아닌 윷놀이를 하고 있었고, 나는 돗자리가 깔린 거실에서 팔베개를 하고 잠깐

누웠다.

어느새 살포시 잠이 들었나 싶었는데, 누군가 조용히 베개를 괴어 주었다. 어머님이었다. 조심스러운 손길을 잠결에 느끼면서도 짐짓 모른체하고 눈을 감고 있었다. 왠지 가슴이 찡했다.

남편이 시댁에서 더러 낮잠이라도 자면 어머니는 베개를 갖다 주랴, 이불을 챙기랴 바쁘셨다. 그 모습을 보고 속 좁은 며느리는 아들은 엄청 챙긴다고 돌아서서 흉을 보곤 했는데, 지금은 그게 아니라는 걸 알았다. 부모의 사랑이라는 게….

어머니도 내가 미웠을 것이다. 신혼 초부터 슬슬 꼬이기 시작해서 선뜻 마음을 열지 않고 사는 며느리가 싫고 부담스러웠을 것이다. 그렇게 서로가 멀기만 했던 시어머니가 어느새 내 옆에 서 계셨다.

생각을 한 번 바꾸면 그만인데, 마음을 한 번 바꾸면 그만인데 왜 여태 그런 방법들을 밀쳐두고 먼 길을 돌아왔을까. 나는 왜 그토록 한 사람을 미워하고 싫어하는 어리석음을 범했을까?

그건 결국 내 마음이었던 것이다. 마음 안에 있는 미움을 덜어내니까 행복한 세상이 보인 것이다. 왜 진작 그런 걸 몰랐을까.

그날은 정말 가슴이 저리도록 아름다운 날이었다.

그래, 당신이 옳아

세상에 싸움을 안 하고 사는 부부가 얼마나 될까?

어른이 되도록 다른 환경에서 성장하다가 만나 사는데 어떻게 항상 의견이 일치할 수 있을까. 하지만 결혼이란 서로가 상대의 미비한 점을 보완해 주면서 하나가 되기 위해 노력하는 과정이라고 본다면 부부싸움도 그렇게 나쁜 것만은 아니다.

경미한 부부싸움은 일종의 의사소통이 될 수도 있지만, 그 과정에서 서로 상처를 주기도 쉽고 문제를 더 증폭시켜서 결국 큰 싸움이 되고 심지어 이혼이라는 엉뚱한 답을 내리는 경우도 있다. 작은 말싸움에서 사네 마네 하는 싸움까지 들여다보면 대부분 그 출발은 사소한 일이다.

우리 부부도 신혼 초부터 몇 년간 고부갈등으로 무던히도 싸웠다. 그러다가 내 인생을 그 문제로 낭비할 수는 없다고 느끼면서부터 나름대로 방법을 터득하고 평온해지는가 했더니 이제는 아이들 문제로 가끔씩 의견충돌이 일어난다.

남편과 나는 아이들을 바라보는 관점이 다르다.

나는 아이들을 엄하게 가르치려고 한다. 어려서 버릇을 잘 잡아놓아야지 나중에 더 크면 바로잡기 힘들다는 생각을 갖고 있다. 그러다 보니 통제와 잔소리가 많다. 반면에 남편은 우리 아이들이 내성적인 편이라 기를 살려줘야 한다고 여긴다. 그래서 될 수 있으면 아이들이 원하는 것에 맞춰주려고 한다.

자연히, 사소한 일에도 우리 부부는 의견이 충돌하기 일쑤다. 해석이 다르니 대처 방법도 다르다. 내 딴에는 엄격한 기준을 적용해 아이들에게 원칙을 요구한다고 하는데, 남편은 나에게 즉흥적으로 기분 내키는 대로 아이들을 다루지 말라고 한다.

사실 어느 쪽의 교육 방식이 옳다 그르다는 말할 수 없다. 경우에 따라 더 효율적인 방법이 정해지는 것이고, 오히려 두 가지 방법이 절충되었을 때 가장 현명한 방법이 나오기도 할 것이다. 그런데 이상하게 나는 남편의 의견을 존중하거나 내 주장을 양보하기가 쉽지가 않았다. 남편의 지적에 수긍을 하면서도 내 자존심을 지키느라 못 들은 척하다가 더 큰 문제가 되는 일도 있었다.

큰아이가 초등학교 2학년 때의 일이다. 아이를 꾸중하고 돌아서는 나에게 남편이 너무 즉흥적으로 아이를 다루지 말라고 지적을 했다. 지적을 받은 나는 내 행동이 어디가 틀렸다는 거냐고 따지기 시작했다. 남편은 조목조목 이야기를 했지만 나는 이미 논리를 떠나 억지를 쓰고 있었다.

사실 마음속으로는 남편의 지적대로 내가 지나쳤다는 것을 벌써 알면서도 잘못했다는 말을 하기가 싫었다. 자존심 때문이었다. 끝내는 남편이 불쾌한 얼굴로 '그래, 알았어. 잘 했어.' 하고 말하고야 말았다. 기분이 좋은 것도 한순간, 잠시 후에 '어, 이게 내가 뭐 한 거지?' 하는 생각이 퍼뜩 스쳤다.

오로지 지기 싫다는 생각에 끌려 남편과 말다툼을 벌인 내 모습이 흉했다. 내가 옳지 않다는 생각이 들었다면 그것을 인정하면 그뿐인데 남편을 이겨 본다고 끝까지 우기다니…. 다툼이 끝나고 돌아서자마자 알아챌 만큼 뻔한 일이었는데 말이다.

부부가 살다 보면 다투는 일도 많고 이유도 가지각색이다. 둘 중 한 사람이 크게 잘못해서 용서를 빌어야만 하는 상황도 있겠지만 대부분 아량과 사랑으로 싸안으면 끝나는 일상적인 것들이 대부분 아닌가? 사소하게 시작한 싸움이 커지는 이유는 자존심이라는, 주도권이라는, 자기 생각에 갇히고 자기 생각을 놓지 않는 데 있다고 본다.

어차피 부부싸움도 더 잘 살고 행복해지자고 하는 것 아닌가? 누가 옳고 그른가를 심판하고 이익을 나누는 데에 목적이 있어서 싸우는 건 아닐 테니 말이다. 그렇다면 서로 상처를 주고 받는 소모전을 빨리 끝내는 가장 현명한 방법이 무엇인지를 찾아내야 한다.

내가 찾은 방법은 바로 '거울을 보듯 나 자신을 먼저 돌아본다'

는 것이다. 남편과 의견충돌이 생길 때, 또 뭔가 풀어야 할 문제가 있다고 생각할 때 침을 꿀꺽 삼키면서 우선 내 상태를 점검하는 것이다.

'나는 왜 화가 났지? 이 일이 화를 낼 만한 일인가? 남편과 다투고 나서 이 일이 어떻게 되기를 바라는 거지? 혹시 나는 화풀이를 하거나 남편에게 잘못했다는 말을 듣고 싶어하는 건 아닐까?' 등등, 거울을 보며 흐트러진 머리를 매만지듯 생각을 정리하고 나면 뭔가 명확하게 정리되는 것이 있다. 그러면 자존심을 내세우는 일도, 실수를 하는 일도 많이 줄어든다.

남편에게 잘못이 없다면 내가 더 큰 잘못을 하지 않기 위해서, 또 남편에게 실수가 있고 짚고 넘어갈 문제가 있다면 그것을 지나치게 부풀리지 않기 위해서도 '거울보기'는 필요하다.

미국의 페미니스트인 로라 도일의 「아내여 항복하라」라는 책에도 비슷한 이야기가 있다. 로라 도일은 불행하다고 느껴온 결혼생활을 행복으로 바꾼 비결을 털어놓았다. 그건 다름아닌 주도권 싸움을 그만두고 솔직해지는 것이다. 그리고 스스로 반성을 통해 원인을 찾고 남편을 우선 존중하는 방법으로 지금은 행복한 결혼생활을 한다고 했다. 도일은 자신의 행복은 바로 '항복'에서 왔다고 말한다. 그 책에 이런 충고가 있다.

여러분이 마음대로 할 수 있는 것은 여러분 자신뿐이다.
자신에게 어떤 문제가 있는가만 알아낸다면 해결은 시간 문제다.

괜히 남편을 어떻게 고쳐 볼까 궁리하느라 시간 낭비하지 말고,

자신의 행복을 키우는 데 온 힘을 쓰는 것이 낫지 않을까?

우리는 성장 과정에서나 어른이 되어서도 항상 경쟁관계에 있어서 그럴까? 늘 누군가를 이겨야 된다는 생각이 머릿속 깊숙이 박혀 있는 것 같다. 그러나 남과의 경쟁과 다툼은 스스로를 피곤하게 하고 끝없이 시달리게 할 뿐이다.

진정한 승자는 남을 이기려는 마음을 접고 자기 자신을 이기는 사람이라고 생각한다. 남이 아닌 나 자신과 경쟁하고 싸워 이기는 방법을 안다면 좀더 행복한 삶을 살 수 있을 것이다.

세상은 돌고 돈다는데

“택시비가 안 올랐을 때, 우리집에서 가게까지 기본요금 1300원 내면 갔거든. 그런데 기사가 다 안 받고 300원을 돌려줘. 버스를 타도 운전기사가 차비를 안 받으려고 한다구. 고맙지. 그러면 그게 다 나더러 어려운 사람들 더 도와주라고 채찍질하는 거야. 남을 도우면 이렇게 다 돌아오는 것인데 세상 사람들이 그런 이치를 몰라.”

노량진 수산시장에서 평생 젓갈을 팔면서 틈틈이 장학금을 내놓아 유명해진 일명 ‘젓갈 할머니’의 말씀이다. 몇 년 전 그분의 인터뷰 기사를 읽으면서 고개를 끄덕이지 않을 수 없었다.

남에게 베풀고 살면 언젠가는 다 자신에게 돌아온다는 사실을 슬쩍 일러주시는 할머니의 말씀은 남이야 어찌 되었든 아랑곳하지 않고 우선 나만을 생각하고 사는 젊은 세대들에게 던지시는 따가운 일침과도 같은 것이었다. 세월의 흔적처럼 주름이 가득한 사진 속 할머니 얼굴에는 밝은 웃음과 함께 삶의 지혜가 반짝거리고 있는 듯했다.

그러고 보니 예전에 친척어른이 해주시던 이야기가 생각난다. 한국전쟁 당시, 인민군의 포로가 된 국방군 청년 하나가 다른 동료들과 함께 죽음의 순간을 기다리고 있었다. 처형될 거라는 소문이 있던 날, 낯선 인민군 한 사람이 그 군인을 몰래 빼내어 목숨을 구해주었다. 목숨을 살려준 그 사람에게 연유를 물은 즉, 어렵던 시절, 피죽도 못 먹는 형편이었던 그는 바로 그 청년의 아버지로부터 쌀 석 섬을 받아 처자를 먹여살릴 수 있었다고 고백했다고 한다. 쌀 석 섬으로 베푼 마음이 아들을 살린 것이다.

그 우연이 놀랍기도 하지만 세상을 움직이는 보이지 않는 힘의 실체를 보는 것 같아 숙연해지기까지 한다.

흔히 세상은 돌고 도는 것이라고 말한다. 어떤 것도 그 자리에 머물러 있는 것이 없다는 말이다. 그러기에 '인과응보'나 '자업자득'이니 '뿌린 대로 거둔다'는 말들이 있는 것이다.

그런데 정작 말은 쉽게 하면서도 그 의미를 속 깊이 느끼는 사람은 별로 없는 것 같다. 다들 나와는 별개라고 생각하면서 산다. 대부분 좋은 것은 오래오래 갖고 있으려 하고, 나쁜 것은 곁에 두지 않으려고 한다. 좋은 사람과는 헤어지지 않으려고 하고 돈과 명예는 붙잡고 싶어하며, 심지어 죽지 않기를 바라기도 한다.

사람은 태어나면 죽게 마련이고 재물도 들어오면 나갈 때가 있기 마련이고 좋은 사람도 언젠가는 떠나가게 마련이다. 죽지 않고 잃지 않고 헤어지지 않을 재주가 없지 않은가?

그것은 아마도 끝없이 변하고 순환하는 세상의 이치 때문일 것이다. 밤이 낮이 되고, 높았던 것이 낮아지기도 하는 것처럼, 처음부터 내 것이라고 정해져 있는 것도 없고, 내 품에 들어왔다고 끝까지 내 것인 것도 없으니, 그 자연의 이치를 거역하려고 든다면 오히려 화를 당하게 된다.

흐르는 물을 내 것으로 만들려고 막아두면 물은 썩고 물줄기는 말라버린다.

우리들의 삶도 마찬가지일 것이다. 어차피 내 것이랄 게 없다면, 그 세상의 흐름을 거스르지 않으면서 흐름에 몸을 맡긴 양 욕심 없이 살 줄 알아야겠다.

또한 양지가 음지 되고 음지가 양지 될 수도 있다는 걸 생각해보면, 자기가 좋은 처지에서 많은 것을 가졌을 때 물꼬를 터서 다른 이들에게 베풀고 나쁜 상황에 처했을 때 주저앉지 않고 묵묵히 기다리는 것이 이 세상을 잘 사는 방법이 되지 않을까.

내가 남한테 미소를 한 번 지으면 언젠가 나도 그에 상응하는 대가를 받을 수 있다고 하는데, 돌고 도는 세상 속에서 조금이라도 베푸는 마음으로 산다면 언젠가는 그 마음이 값진 선물로 돌아올 것이다.

따뜻한 말 한마디

2년 전 6월, 남편이 심장병으로 수술을 받게 되었다. 병명은 심방중격 결손으로, 우심방과 좌심방을 나누는 심방중격에 동전 크기만한 구멍이 있었다. 평소 건강에 큰 탈이 없던 남편인지라 전혀 예상하지 못한 일이었다. 상태가 많이 악화되기 전에 발견해서 다행이었지만 수술을 해야 한다는 진단을 받고는 놀라지 않을 수가 없었다.

서울의 큰 병원에 수술 예약을 했다. 가까운 친구가 그 병원에 근무하고 있어서 사전에 많은 정보를 얻을 수 있었다. 수술을 앞두고 이런저런 걱정거리를 늘어놓는 나에게 친구는 웃으면서 다른 심장 수술에 견주어 무척 경미한 수술이라며 걱정하지 말라고 했다.

더구나 알고 보니 가까이 지내는 후배가 얼마 전에 같은 수술을 받은 적이 있어서 이것저것 세세한 것까지 듣고 미리 준비할 수가 있었다.

그러나 수술을 앞두고 남편과 나는 긴장이 풀리지 않았다. 날짜가 다가오면서 당사자인 남편은 오히려 담담해졌지만 나는 더 초조해졌다. 수술 받는 부위가 심장이다 보니 만의 하나라도 잘못되면 어쩌나 하는 불안감을 떨쳐버릴 수가 없었던 것이다.

수술하기 전부터 회복하는 과정까지 평상심을 유지하기란 역시 쉬운 일이 아니었다. 수술이 성공적으로 끝나서 한숨을 돌리는가 싶었더니 평소에 있던 부정맥으로 인해 갑자기 심장박동이 불규칙하게 뛰는 바람에 가슴이 철렁했던 일도 두어 번 있었다.

꼼짝없이 병상에 누워 있는 남편을 지켜보는 일에서부터 친정에 맡기고 온 아이들 걱정까지, 대전과 서울을 오가며 지낸 그 보름 동안 평범한 주부로 지내온 나로서는 아무렇지도 않게 넘어갈 수 있는 일이 하나도 없었다.

힘든 나날을 보내는 동안 주변 친지들이나 지인들의 안부 전화는 마음고생으로 지쳐 있는 나에게 큰 힘이 되었다. 별것 아닌 것 같은 전화 한 통이 그렇게 고마울 수가 없었다.

"더운데 고생이 많지? 그래도 다행이다. 조금만 늦었으면 큰일 날 뻔했다며. 괜찮을 거야, 힘내."

"원래 건강한 사람이잖아. 더 건강하게 잘 지내려고 받는 수술인데 뭐."

많은 분들의 진심 어린 위로에 때로는 가슴이 찡할 때가 많았다.

이런저런 푸념을 늘어놓고 싶다가도 따뜻한 말 한마디를 듣고 나면 그간 쌓였던 마음의 찌꺼기들이 한꺼번에 녹아내렸다. 갈증으로 괴로울 때 시원한 샘물을 만난 기분이었다고 할까. 대수롭지 않은 말 한마디가 그렇게 큰 힘이 된다는 것을 그전에는 미처 몰랐었다.

그때 들었던 위로의 말들, 먼 길을 달려온 분들의 웃는 얼굴, 잡아주신 손길들을 떠올리면 지금도 가슴이 따뜻해진다. 아마 겉치레로 하는 말이 아니라 우리를 위하는 진심이 고스란히 담긴 말들이었기 때문일 것이다.

두 달 가까운 회복기간이 끝나자 어느덧 무덥던 여름은 지나가고 있었다. 한여름 무더위가 어떻게 지나갔는지도 모르게 힘들고 정신없던 날들을 보내고 나서야 한숨을 돌리면서 그동안 있었던 일을 돌이켜보았다.

나는 주변 사람들에게 얼마나 많은 도움이 되었었는지를 생각하게 되었다. 내가 말 한마디라도 따뜻하게 해본 적이 있었던가? 의례적인 인사말이 아니라 진심 어린 마음의 표현을 해본 적이 얼마나 되는지 뉘우치지 않을 수 없었다.

누군가가 어려움에 처해 있으면 그에게 도움을 주어야 한다고 생각은 했지만 내가 그동안 생각해온 남을 돕는 일이라는 것은 대부분 물질적인 것이었다. 실질적으로 도울 힘이 없더라도 그저 따뜻하게 진심 어린 말 한마디만 해주면 상대에게는 그것이 큰 힘이 될 수 있다는 것을 모르고 있었다.

남의 애경사에 부조금이나 내고 의례적인 인사와 표정관리가 전부라고 생각하며 살아오지는 않았는지. 더구나 부조금 봉투에 넉넉하게 넣었다 싶으면 마치 대단한 예의라도 차린 것처럼 생각해 왔던 것이다.

남편의 수술을 계기로 주변의 진심 어린 마음의 선물을 받고 나서야 따뜻한 말 한마디의 귀한 가치를 알게 되었다. 내가 그토록 힘들어하고 있을 때 아무도 우리를 걱정하고 위로하지 않았다면 아마 나는 몸과 마음이 지쳐 병이 났을지도 모를 일이다.

텅 비어 있는 덕 통장

대학 선후배와 동기들이 모처럼 한자리에 모였다. 서로들 바쁘게 지내다 오랜만에 만나는 자리였기 때문에 더욱 반가웠다. 한창 이야기 꽃을 피우고 있는데 문득 한 선배가 이런 말을 했다.

"너희들 통장에는 얼마가 들어 있냐?"

난데없이 웬 통장 얘기냐고 다들 눈이 동그래졌다. 나는 내 은행 통장에 잔고가 얼마나 되는지 생각했다. 혹시나 돈을 빌려 달라고 하는 건 아닌가 싶었기 때문이다. 그런데 선배는 빙그레 웃으면서

"은행통장 말고 덕 통장 말야. 덕 통장."

하는 것이었다.

이 선배는 정신세계에 관심이 많았는데, 가끔씩 엉뚱한 이야기로 상대를 웃기기도 하고 또 그만큼 생각할 거리를 던져주곤 하는 사

람이었다.

"어허, 이 사람들! 은행에 돈 쌓이는 것만 관심이 있지 덕 쌓는 것은 도통 무관심이군. 사람이 어찌 돈과 밥으로만 살까. 목숨이 다하는 날까지 덕을 쌓고 복을 지어야 사람답게 사는 길이 되리라. 은행통장이야 죽을 때 가져가지도 못하는 것을. 죽어서도 가져갈 수 있는 통장을 빨리 만들어 두시라 이 말씀이야."

그의 우스꽝스러운 몸짓과 신파조의 말투 때문에 좌중은 한바탕 웃음바다가 되었다.

앉아 있던 친구 하나는

"모르죠, 그나마 전생에 조금이라도 쌓아놓은 걸 곶감 빼먹듯 까먹고 있는지도."

하면서 깔깔거리며 웃었다.

이날 모임 이후 며칠 동안 내내 '덕 통장'이라는 단어가 머릿속을 떠나지 않았다. 그런 말들을 주고 받으면서 문득 내 자신에게 물었던 것이다.

'너는 얼마나 가지고 있니? 덕 통장이 있기는 하니?' 아무리 자문해 보아도 들려오는 대답은 거의 저금된 것이 없다고 한다.

아무리 머릿속을 헤아려서 기억을 더듬어 봐도 덕이라고는 별로 쌓은 것 같지 않은 내 현실이 더 나를 멍하게 만들기도 했다. 더러는 좋은 마음으로 베풀고 뭔가 남을 이롭게 하는 일을 한 적이 있다 해도 어찌 보면 그건 진정으로 남을 위하는 마음으로 한 일이기보다는 내 마음을 채우기 위한 것이었지 싶었다.

그런데 한 일주일 후 우연히 작은 사건을 겪으면서 다시 선배의 덕 통장 이야기가 떠올랐을 때, 문득 우리가 삶을 살면서 사소하게 겪는 일에도 자신이 마음먹기에 따라서 덕을 얼마든지 쌓을 수 있다는 것을 알았다.

그날 아침, 서울로 출장 가는 남편을 역까지 데려다 주고 오는 길이었다. 아파트 진입로로 들어서는데 갑자기 튀어나오는 차가 있어 급하게 브레이크를 밟아 차를 세웠다. 운전에 썩 능숙하지 않은 나로서는 정말 아찔한 순간이었다.

"아니, 미쳤나? 아파트단지 안에서 저렇게 속력을 내면 어쩌자는 거야? 아침부터!"

그전 같으면 이렇게 소리를 질렀을 것이다. 아니면 무서운 눈으로 상대 운전자를 노려보았겠지. 하지만 그날은 놀란 가슴을 쓸어내리며 숨을 돌리는 순간 갑자기 '덕 통장'이라는 단어가 떠 올랐다.

화를 내지 말아야겠다는 생각이 들면서 '아! 저 사람이 아침부터 뭔가 급한 일이 있었나 보다' 하고 이해하려고 했다. 그리고 운전을 하다 보면 얼마든지 있을 수 있는 일이라는 데까지 생각이 미치니 상대의 행동을 이해하게 되었다.

그 아침에 마음을 그렇게 돌이켜 세운 것을 나는 두고두고 잘 했다고 생각한다. 상대의 잘잘못을 떠나서 아침부터 큰소리 내고 얼굴 붉히지 않은 것만 해도 다행이었다. 무엇보다도 그 일로 인해 덕 통장에 대한 나의 생각이 구체화된 것이 기뻤다.

그것은 아주 사소한 부분에서부터 남을 배려하고 돕는 것이 덕 통장에 저금을 할 수 있는 방법이라는 것이다.

평소에 그냥 막연하게 '남한테 잘해야지, 나보다 남을 먼저 생각해야지' 하는 생각은 갖고 있었지만 막상 일상생활에서는 남과 부딪히는 순간순간 내 생각, 내 이익이 먼저 앞서게 되고 자연히 너그러운 마음을 내기가 불가능해지곤 했었다. 항상 지나고 나서 후회를 했다. 그러면서 아무래도 이런 작은 것들보다 뭔가 큰 일을 하고 거창한 희생이라도 해야 남을 위해 살고 있다고 말할 수 있을 것 같았다. 평범한 일상에서 얼마든지 덕을 쌓을 기회가 있는 것을 몰랐던 것이다.

많은 사람들을 위해 크게 봉사할 수 있다면 좋겠지만 평범한 우리들로서는 그런 기회를 만들기가 어렵다. 마치 통장에 거금을 입금하기는 어렵지만 푼푼이 모은 잔돈을 넣기는 쉬운 것과 같다고나 할까.

처음부터 많은 것을 채울 수는 없다고 생각한다. 내 가족, 내 이웃부터 조금씩 상대의 입장에서 생각하고 배려하는 마음을 갖는다면 어느새 덕 통장은 두둑해질 것이고 그만큼 행복해질 것이다.

언제 다시 그 선배를 만나게 되면 이런 이야기를 전할 수 있는 내가 되어 있었으면 좋겠다.

"선배님, 저 덕 통장에 넣으려고 날마다 동전 줍고 다닙니다."

엉뚱한 해답

누구나 살면서 수많은 문제들과 부딪친다. 그것을 어떻게 풀어나갈 것인가를 현명하게 판단하기란 여간 어려운 일이 아니다. 마음을 바꾸면 행복한 세상이 보인다고 하지만 그것 또한 쉽지 않다.

그렇지만 자신이 처한 상황에서 생각과 마음을 바꾸어 보려고 노력하지는 않고 외부상황을 바꾸려고 하거나 상대를 향해 고치지 않는다고 불평을 늘어놓는다고 해서 문제가 해결되지는 않는다.

우리들은 대부분 문제에 부딪치면 그것이 근본적으로 바르게 해결되기를 바라기보다는 우선 당장 쉽고 편안하게 해결되기를 원하는 경우가 많다. 또 문제의 해답이 동쪽에 있는데 서쪽에 가서 찾으려고 하는 경우도 있다. 아마도 그건 하루라도 빨리 괴로움에서 벗어나고 싶기 때문일 것이다. 괴로움이 지속되길 바라는 사람은 없기 때문이다.

만일 해답을 잘못 찾은 경우 문제는 해결되지 않는다. 더러는 당장 문제가 없어진 것처럼 보일 수도 있겠지만 시간이 지날수록 더 큰 문제가 되어 훗날 심한 곤경에 빠질 수도 있다.

실연의 상처를 잊기 위해 자살해 버리는 청년이라든지 밀린 카드대금을 갚기 위해 사람을 납치하고 살해하는 젊은이 등 흔히 주변에서 일어나는 안타까운 일들도 결국 문제에 대해 엉뚱한 해답을 내려버린 결과가 아닌가.

잘못된 결론을 내리게 되는 것은 대부분 문제의 원인과 해결의 실마리를 밖에서 찾기 때문인 것 같다. 뭔가 주변 여건이 좋지 않거나 다른 사람이 옳지 못해 문제가 생겼다고 믿는 것이다.

더구나 우리는 대부분 자기 자신을 이기려는 마음보다 남을 이기려는 마음이 강하고 조금도 손해를 보려고 하지 않는다. 조금이라도 편하고 이득이 되는 쪽으로 생각하는 것이다. 이런 잘못된 생각들은 하나도 버리지 않으면서 괴로움에서 벗어나려고 하는 것은 모순이다.

물론 외부적인 원인도 존재하지만 문제를 근본적으로 해결하겠다는 마음으로 집중해 보면 문제의 핵심에는 항상 내가 존재한다는 걸 알 수 있다. 이러저러한 문제가 꼬이고 얽혀 한 가지 방법으로는 풀어 나갈 수 없다 싶은 것도 정작 해답의 열쇠는 자기 자신이 갖고 있는 것이다.

소중한 인생

나는 한때 여자의 인생은 좋은 남자를 만나 남편 내조 잘하고 아이들을 잘 키우면 그만이라는 생각을 한 적이 있었다. 지극히 평범하고 보수적인 집안에서 자란 탓인지는 몰라도 그렇게 사는 것이 가장 잘 사는 것이라 굳게 믿은 것이다. 하지만 언제부터인가 그런 생각들이 조금씩 부서져 나가기 시작했다.

아마도 고부간의 갈등을 겪으면서 삶에 대해 깊이 고민하다 보니 자연히 그런 나의 가치관도 변하게 된 것이리라.

'내가 무엇 때문에 이처럼 괴로워하는가, 왜 시어머니 한 사람으로 인해 죽고 싶다는 생각이 들 정도로 힘들어해야 하는가, 도대체 이분과 나는 어떤 인연이길래 서로 미워하는 것일까' 등등 수 없이 많은 의문들을 스스로에게 던지면서 도대체 인생의 의미가 뭘까 하는 생각을 하게 되었다.

더욱이 그 무렵에 돌아가신 외할머님의 죽음은 그런 내 마음에 커다란 파문을 일으켰다. 외할머니를 화장으로 모시면서 나는 큰 충격을 받았다. 그때까지만 해도 사람의 죽음에 대해 진지하게 생각해 본 적이 없었던 나는 외할머니의 몸뚱이가 몇 시간 만에 한줌의 재로 사그러든 모습을 보면서 한동안 할 말을 잊었다.

어쩌다 드라마나 영화에서 보던 장면이 바로 내 눈앞에서 벌어지는 것을 보면서 정신이 아득해졌다. 소란스러운 화장터에서 간간히 들려오는 조곡은 초봄의 쌀쌀함과 더불어 내 가슴을 휘어잡았다. 그 속에서 난 자못 진지해졌다.

'인생이란 과연 뭘까? 80평생이 한 순간에 재로 변할 수 있구나. 정말 사람의 육신은 별것이 아니구나. 어떻게 하면 인생을 잘 살 수 있을까?' 등등.

철학적인 지식이 있는 것도 아니고 뚜렷한 종교적인 가치관을 가지고 있는 것도 아니었지만 그런 물음들에 대해 뭔가 그럴싸한 대답을 찾아야만 할 것 같은 생각이 들었다.

그렇게 생각에 생각을 거듭하면서 어느 정도의 시간이 흐르고 난 뒤 내가 얻은 답은 '인생의 목적은 자신을 완성하기 위해 살아야 한다.' 하는 것이었다. 내가 이 세상을 살아가는 목적은 좋은 아내, 훌륭한 어머니, 착한 며느리가 되기 위한 것이 아니었다는 결론을 내린 것이다. 그건 단지 세상을 원만하게 살아가기 위해 부수적으로 필요한 역할들이다.

사람이 죽을 때 이 세상에서 가져갈 수 있는 것은 아무 것도 없다. 평생을 애지중지 하던 자신의 육신도 단 몇 시간 만에 한줌의 재로 돌아갈 뿐이다. 예전에 우연한 기회에 한 산사에서 만났던 어느 노스님의 말씀처럼, 사람은 이 세상을 떠날 때 자신의 마음만 들고 갈지도 모른다는 생각이 들었다. 노스님은 그때 나에게 이런 말씀을 해주셨다.

"요즘 젊은 사람들은 자신의 삶이 중요하다고 생각하면서도 정작 어떻게 살아야 잘 사는 것인지 모르는 경우가 태반입니다. 하다못해 여름휴가를 떠나려 해도 오래 전부터 계획을 세우고 준비를 하는데, 정작 인생이라는 중요한 여행을 하면서는 어떻게 해야 되는지를 잘 모릅니다. 그래서 조금만 힘들면 남을 원망하고 탓하는 것이지요. 우리가 겪는 어려운 일들은 결국 우리를 더 지혜롭고 성숙하게 만들어 줍니다. 마음의 고통을 승화시키면 결국 고통 자체가 자신이 성장할 수 있는 소중한 기회가 됩니다. 자신이 맡은 역할을 충실히 해내면서 마음을 아름답고 풍성하게 만드는 것이 인생에서 무엇보다 중요합니다."

스님의 말씀을 들을 당시에는 그저 듣기에 괜찮은 말씀을 해 주시는구나 하는 정도였는데, 외할머니의 죽음으로 인해 그분의 말씀이 옳았다는 것을 알았다.

마치 망망대해를 항해하는 배가 항로를 이탈하면 드넓은 바다에서 표류하다 좌초할 수 있는 것처럼, 나도 한때는 그런 삶을 살 뻔했다. 심각한 고부간의 갈등으로 차라리 나 하나 죽으면 모든 것이 끝나지 않을까 하는 생각을 할 정도로 절망했었는데, 인생은 주어진 삶 속에서 최선을 다하고 마음을 아름답게 가꾸어 가면서 자신의 영혼을 완성시키려고 노력하는 데 소중한 의미가 있다는 것을 알게 된 것이다.

행복을 손에 넣으려면

우리가 슈퍼마켓에 가서 물건을 사듯이 행복을 살 수만 있다면 얼마나 좋을까?

"여기 행복 한 접시만 주세요!"

하고 말할 수 있는 식당이 있다면 아마도 24시간 영업해도 늘 대만원 사례일 것이라고 한 어느 작가의 말처럼, 만약 이 세상에 행복을 파는 가게가 있다면 그 가게는 늘 문전성시를 이룰 것이다.

길고 긴 산고 속에서 어렵게 얻어낸 삶을 고통과 괴로움으로 마감할 수는 없지 않은가? 멀리서 손짓하는 행복의 끝자락이라도 잡아보고 싶은 것이 우리네 마음일 것이다.

인생을 살면서 행복을 손에 넣을 수 있는 사람은 정말 복이 많은 사람이다. 그러나 대개의 사람들은 닿을 듯 말듯 손짓만 하고 있는 행복이라는 녀석 때문에 숱한 고민을 한다. 어떻게 하면 그걸 손에 넣을 수 있을까?

행복을 손에 넣을 수 있는 방법은 분명히 있다고 생각한다. 내가 뛰어가서 굳이 잡으려고 하지 않아도, 자신이 어떻게 하느냐에 따라 오히려 행복이라는 녀석이 우리 옆에 은근슬쩍 와 있기도 한다.

행복을 얻기 위해서는 우선 나부터 변해 보는 것이다.

퇴근한 남편이 아무데나 양말을 벗어 놓는 것을 빨래바구니에 넣게 하는 데 3년이 걸렸다고 푸념을 늘어놓던 친구의 말처럼, 나 아닌 남을 변화시키는 것은 무척이나 어려운 일이다.

무작정 상대를 변화시키기 위해서 상대방만을 탓하고 못마땅해 하면서 많은 불평을 늘어놓고 거기에 계속 매이다 보면 시간은 부질없이 지나가고 자신의 몸과 마음은 점점 상처만 받게 된다.

차라리 내가 변하는 것이 훨씬 쉬운 일일지도 모른다. 나부터 마음을 바꾸는 것이다. 마음속에 들어 있는 많은 욕심들을 내려놓고 상대를 포용하고 자신의 위치에서 최선을 다하면 어느새 행복은 곁에 와 있게 된다.

사실 나부터 변하는 일도 쉬운 것만은 아니다. 갑자기 마음속에 있는 욕심들을 한꺼번에 비울 수도 없는 노릇이고, 이렇게까지 하면서 살아야 하나 하는 비굴한 느낌도 들기 때문이다. 더구나 너무 힘이 든다 싶으면 '에라, 모르겠다. 그냥 되는 대로 살지' 하는 자포자기의 심정까지도 든다.

그러나 자신과의 부단한 싸움에서 승리하는 사람만이 진정한 행복을 맛볼 수 있다. 자신부터 변하는 것은 많은 인내심을 필요로 하지만 꾸준히 노력하면 자신이 변하는 것은 물론이고 그런 변화로 인해 주변 사람들도 변해갈 수 있다.

세상에서 일어나는 상황들은 어느 것 하나 원인 없는 결과가 없다. 내가 처한 상황이 억울하고 한탄스러울 수도 있지만, 결국 수많은 생을 윤회하면서 자신의 마음이나 생각, 행동 등이 쌓이고 쌓여 오늘의 내가 된 것이다.

미래는 현재의 내가 만드는 것이다. 지금 내가 아무리 어려운 상황이고 힘들어도 원망하지 말고 지혜롭게 잘 극복하면 다음 생은 지금보다는 덜 힘들고 행복한 생을 살 수 있다.

조금씩 변해 보자. 한꺼번에 많이 변하려고 하면 힘이 든다. 혹은 목표를 이루기도 전에 지쳐 버릴 수도 있다. 누군가와 부딪쳐서 힘들고 괴로워지면 우선 내가 잘못한 것은 없는지 살펴보고 혹시나 상대에게 뭔가를 바라는 욕심은 없는지 차근히 살펴보는 것이다.

식구들은 물론이고 주변 사람들에게 최선을 다하면서 자신을 발전시키는 데 노력한다면 굳이 행복을 잡으려고 뛰어가지 않아도 행복이 어느새 옆에 서 있는 것을 볼 수가 있다. 그리고 단 며칠을 살더라도 누구를 대하든 가슴을 열고 진실로 살아가는 습관을 들인다면 우리는 지금보다 훨씬 더 행복해질 수 있을 것이다.

'제갈공명의 머리 100개보다는 진실한 마음이 더 낫다' 는 말처럼, 매사에 순간의 위기를 넘기는 재치보다는 상대를 진정으로 위하는 진실한 마음이 우선되어야 하겠다. 진실한 마음이 빠져버린 지혜는 세상을 살아가면서 상황마다 그냥 적당히 대처하는 꾀에 불과하고 이미 지혜로서의 의미를 잃게 된다. 오히려 그런 꾀는 겉으로는 지혜처럼 보이지만 경우에 따라서는 나의 이익을 위해 상대를 아무 거리낌없이 속이는 교활함으로 흐를 수도 있다.

더욱이 아무리 좋은 머리를 굴려도 진정으로 남을 위하는 마음이 아니고 자신의 욕심만 채우려고 급급해 하면 미래의 자신에게 더 큰 괴로움으로 돌아올 것이다.

결국 진정한 행복은 자신의 마음을 진실하고 아름답게 변화시키고 참다운 지혜를 얻을 때 손에 넣을 수 있다.

글을 마치며

길고 지루한 여행을 끝내고 돌아온 기분이다. 고부간의 갈등으로 시작되었던 내 괴로움은 이제 어느 정도 끝이 보인다. 모든 것이 내 마음에서 비롯되었다는 사실을 알게 되면서 마음의 산을 하나 넘은 것이다.

비록 가까운 길을 눈 앞에 두고도 보지 못해 먼 길을 돌아왔지만, 그나마 그 산이 있었던 것에 깊은 감사를 드린다. 나에게 고부갈등의 괴로움이 없었더라면 나는 삶의 진실을 배우지 못했을 것이다.

이제는 더 높고 험한 마음의 산을 넘기 위해 난 오늘도 등산길에 오른다. 가끔씩 생각지도 못한 어려움을 만날 때도 있겠지만 당황하지 않고 헤매지 않을 것이다. 수많은 심산을 넘고 또 넘다 보면 우리 모두가 꿈꾸는 진정한 자유와 행복을 얻을 수 있으리라.

물질은 있으면 있는 대로 편할 수 있지만 마음은 버리면 버릴수록 행복하다고 한다. 내가 만났던 여성들 – 이 책의 주인공들도 하나같이 자신의 생각과 마음을 먼저 고쳤다. 내 뜻에 맞춰 세상을 바꾸려 하지 말고 내가 먼저 바뀌면 분명히 삶이 달라지고 마음의 괴로움도 훌훌 털어버릴 수가 있다.

이제는 스스로를 옭아매고 있던 끈을 끊고 나를 찾는 여행을 시작하고 싶다. 여자도 아니고, 아내도 아니고, 며느리도 아니고, 엄마도 아닌, 진정한 나를 찾기 위한 마음의 길을 떠날 것이다.

며느리 도통하기

초판인쇄 2004년 1월 3일

지은이 / 차혜숙
디자인 / 인터그래프
찍은곳 / 중앙인쇄사
펴낸곳 / 일체정신문화사

등록일자 / 1998년 5월 22일 314-90-20186
주소 / 대전시 유성구 노은동 550-2 일체빌딩 5F
대표전화 / (042) 477-6046
homepage / www.ilche.com
며느리도통하기(한글도메인)
일체정신문화사(한글도메인)
ISBN 89-951595-1-0-03810